Leonardo Sciascia:
Der Tag der Eule
Roman

✔ KU-440-136

Deutsch von Arianna Giachi

Deutscher
Taschenbuch
Verlag

Von Leonardo Sciascia
sind im Deutschen Taschenbuch Verlag erschienen:
Tote auf Bestellung (10800)
Tote Richter reden nicht (10892)
Das Hexengericht (10964)
Sizilianische Verwandtschaft (11082) *1)*
Todo modo (11168)
Candido (11231)

*1) Rezension i. FAZ, E. Büchertage-
buch 81, S. 105*

1. Auflage April 1987
Deutscher Taschenbuch Verlag GmbH & Co. KG,
München
© 1961 Einaudi, Torino
Titel der italienischen Originalausgabe:
‹Il giorno della civetta›
© 1985 der deutschen Gesamtausgabe (‹Das Gesetz des
Schweigens. Sizilianische Romane›):
Benziger Verlag, Zürich · Köln
ISBN 3-545-36399-6
Umschlaggestaltung: Celestino Piatti
Gesamtherstellung: C. H. Beck'sche Buchdruckerei,
Nördlingen
Printed in Germany · ISBN 3-423-10731-6
3 4 5 6 7 8 · 95 94 93 92 91 90

Der Autobus sollte gerade losfahren. Er brummte erst, ratterte und heulte dann plötzlich auf. Schweigend lag der Platz im Grau der Morgendämmerung. Nebelstreifen hingen an den Türmen der Pfarrkirche. Nur der Autobus brummte. Dazwischen, flehend und ironisch, die Stimme des Pastetenverkäufers: «Pasteten, heiße Pasteten.» Der Schaffner schloß die Wagentür. Mit einem scheppernden Geräusch setzte der Autobus sich in Bewegung. Der letzte Blick des Schaffners fiel auf den Mann in Schwarz, der herbeirannte. «Einen Augenblick», sagte der Schaffner zu dem Fahrer und öffnete noch während des Fahrens die Wagentür. Da knallten zwei Schüsse. Der Mann in Schwarz, der gerade auf das Trittbrett springen wollte, schwebte einen Augenblick lang in der Luft, als halte eine unsichtbare Hand ihn empor. Die Mappe entglitt seiner Hand. Langsam sank er über ihr zusammen.

Der Schaffner fluchte. Sein Gesicht war schwefelfarben geworden. Er zitterte. Der Pastetenverkäufer, der drei Meter von dem Gestürzten entfernt stand, begann im Krebsgang auf die Kirchentür zuzugehen. Im Autobus rührte sich niemand. Der Fahrer war wie versteinert, die Rechte an der Handbremse, die Linke auf dem Lenkrad. Der Schaffner betrachtete alle diese Gesichter, die blicklos waren wie die Gesichter von Blinden. «Den haben sie umgebracht», sagte er, setzte seine Mütze ab und begann sich wie verrückt mit der Hand durch die Haare zu fahren. Dabei fluchte er noch immer.

«Die Carabinieri», sagte der Fahrer, «man muß die Carabinieri holen.»

Er stand auf und öffnete die Wagentür. «Ich gehe», sagte er zu dem Schaffner.

Der Schaffner schaute auf den Toten und dann auf die Fahrgäste. In dem Autobus saßen auch Frauen, alte Frauen, die jeden Morgen weiße, schwere Leinensäcke bei sich hatten und Körbe voller Eier. Ihren Röcken entströmte der Geruch von Steinklee, Mist und verbranntem Holz. Gewöhnlich schimpften und querulierten sie. Jetzt waren sie stumm. Jahrhundertealtes Schweigen schien auf ihren Gesichtern zu liegen.

«Wer ist das?» fragte der Schaffner und deutete auf den Toten. Niemand antwortete. Der Schaffner fluchte. Er war bei den Fahrgästen dieser Autobuslinie für sein Fluchen bekannt. Er fluchte mit Hingabe. Schon hatte man ihm mit Entlassung gedroht. Denn mit seiner üblen Angewohnheit, dauernd zu fluchen, ging es soweit, daß er keine Rücksicht auf die Anwesenheit von Geistlichen und Nonnen im Autobus nahm. Er stammte aus der Provinz Syrakus und hatte mit Mordgeschichten nur wenig Erfahrung. Eine dumme Provinz, die Provinz Syrakus. Deshalb fluchte er jetzt noch ärger als sonst.

Die Carabinieri kamen, der Wachtmeister von Schlaftrunkenheit und Unrasiertheit umdüstert. Wie eine Alarmglocke schreckte ihr Erscheinen die Fahrgäste aus ihrem dumpfen Brüten auf. Sie begannen hinter dem Schaffner durch die andere Tür auszusteigen, die der Fahrer offengelassen hatte. Scheinbar gleichgültig, als wendeten sie sich nur zurück, um die Kirchtürme aus dem richtigen Abstand zu bewundern, strebten sie den Rändern des Platzes zu und bogen, nach einem letzten Blick zurück, in die Gassen ein. Wachtmeister und Carabinieri bemerkten nichts von dieser Flucht in alle Himmelsrichtungen. Den Toten umringten jetzt rund fünfzig Personen, Arbeiter aus einer Lehrwerkstatt, die gar nicht glauben konnten, einen so prächtigen Gesprächsgegenstand für ihre achtstündige Muße gefunden zu haben. Der Wachtmeister befahl den Carabinieri, den Platz räumen zu lassen und die Fahrgäste aufzufordern, wieder in den Autobus zu steigen.

Und die Carabinieri drängten die Neugierigen in die Straßen zurück, die auf den Platz mündeten, und forderten die Fahrgäste auf, ihre Plätze im Autobus wieder einzunehmen. Als der Platz leer war, war auch der Autobus leer. Nur der Fahrer und der Schaffner blieben übrig.

«Wie?» fragte der Wachtmeister den Fahrer. «Wollte denn heute niemand mitfahren?»

«Ein paar Leute schon», sagte der Fahrer mit einem Gesicht, als erinnere er sich an nichts.

«Ein paar Leute», sagte der Wachtmeister, «das heißt fünf oder sechs. Ich habe diesen Autobus noch nie abfahren sehen, ohne daß nicht der letzte Platz besetzt gewesen wäre.»

«Ich weiß nicht», sagte der Fahrer ganz erschöpft von der Bemühung, sich zu erinnern. «Ich weiß nicht. Ein paar Leute, sage ich, sozusagen. Sicher waren es nicht nur fünf oder sechs. Es waren mehr. Vielleicht war der Autobus voll... Ich schaue nie nach den Leuten, die da sind. Ich schlüpfe auf meinen Platz und los... Ich schaue nur auf die Straße. Dafür werde ich bezahlt.»

Der Wachtmeister fuhr sich mit nervös verkrampfter Hand übers Gesicht. «Ich verstehe», sagte er. «Du schaust nur auf die Straße. Aber du», und er wandte sich wütend an den Schaffner, «du reißt die Fahrscheine ab, kassierst das Geld, gibst heraus. Du zählst die Leute und schaust ihnen ins Gesicht... Und wenn du nicht willst, daß ich deiner Erinnerung auf der Wache nachhelfe, mußt du mir sofort sagen, wer im Autobus war. Wenigstens zehn Namen mußt du mir nennen... Seit drei Jahren tust du auf dieser Linie Dienst. Seit drei Jahren sehe ich dich im Café Italia. Du kennst das Dorf besser als ich...»

«Besser als Sie kann niemand das Dorf kennen», sagte der Schaffner lächelnd, als wolle er ein Kompliment abwehren.

«Na schön», sagte der Wachtmeister grinsend, «ich am besten und dann du. Schon recht... Aber ich war nicht im Autobus, sonst würde ich mich an jeden einzelnen Fahrgast erinnern. Also ist das deine Sache. Wenigstens zehn mußt du mir nennen.»

«Ich kann mich nicht erinnern», sagte der Schaffner. «Bei meiner Mutter selig, ich kann mich nicht erinnern. In diesem Augenblick kann ich mich an nichts erinnern. Es ist, als träumte ich.»

«Ich werd dich schon wecken, wecken werd ich dich», brauste der Wachtmeister auf. «Mit ein paar Jahren Gefängnis weck ich dich auf...» Er unterbrach sich, um dem Amtsrichter entgegenzugehen. Und während er ihm mitteilte, um wen es sich bei dem Toten handele, und ihm von der Flucht der Fahrgäste berichtete, kam es ihm beim Anblick des Autobusses so vor, als sei etwas nicht in Ordnung oder fehle. Wie wenn wir plötzlich etwas vermissen, an das wir gewöhnt sind, etwas, das durch Übung oder Gewöhnung an unseren

Sinnen haftenbleibt und nicht mehr bis in unser Bewußtsein dringt. Aber seine Abwesenheit erzeugt eine winzige Leere, ein Unbehagen in uns wie das qualvolle plötzliche Verlöschen eines Lichtes. Bis uns das, was wir vermissen, plötzlich wieder bewußt wird.

«Irgendwas fehlt hier», sagte der Wachtmeister zum Carabiniere Sposito, der als geprüfter Buchhalter die Säule des Carabinieripostens von S. darstellte. «Irgendwas oder irgendwer fehlt.»

«Der Pastetenmann», sagte der Carabiniere Sposito.

«Herrgott, der Pastetenmann!» jubelte der Wachtmeister und dachte von den Schulen seines Vaterlandes: Das Buchhalterdiplom bekommt dort wirklich nicht jeder Hergelaufene.

Ein Carabiniere wurde ausgeschickt, sich schleunigst den Pastetenmann zu schnappen. Er wußte, wo er zu finden war. Denn gewöhnlich ging er nach der Abfahrt des ersten Autobusses seine heißen Pasteten im Hof der Volksschule verkaufen.

Zehn Minuten später hatte der Wachtmeister den Pastetenmann vor sich. Das Gesicht eines Ahnungslosen, den man aus tiefstem Schlaf geschreckt hat.

«War der hier?» fragte der Wachtmeister den Schaffner und zeigte auf den Pastetenmann.

«Der war hier», sagte der Schaffner und schaute auf seine Schuhe.

«Also», sagte der Wachtmeister mit väterlicher Milde, «du bist heute morgen wie gewöhnlich hiergewesen, um Pasteten zu verkaufen. Am ersten Autobus nach Palermo, wie gewöhnlich...»

«Ich habe einen Gewerbeschein», sagte der Pastetenmann.

«Ich weiß», sagte der Wachtmeister und sandte einen geduldheischenden Blick zum Himmel empor. «Ich weiß. Und dein Gewerbeschein interessiert mich nicht. Ich will nur eins von dir wissen. Wenn du mir das sagst, laß ich dich gleich laufen, damit du den Kindern Pasteten verkaufen kannst. Wer hat geschossen?»

«Wieso?» fragte der Pastetenmann erstaunt und neugierig. «Ist denn geschossen worden?»

«Ja, um sechs Uhr dreißig. Von der Ecke Via Cavour aus. Zwei Schrotschüsse. Mit einer Zwölfkaliberflinte oder mit einem Stutzen. Von den Leuten im Autobus hat niemand was gesehen. Eine Hundearbeit, herauszubekommen, wer im Autobus war. Bis ich kam, hatten sie sich schon verdrückt... Einer, der Pasteten verkauft, erinnerte sich, aber erst zwei Stunden später, an der Ecke Via Cavour – Piazza Garibaldi habe er so etwas wie einen Kohlensack gesehen. Soll dort an der Kirchenecke gelehnt haben. Von diesem Kohlensack sind zwei Blitze ausgegangen, sagt er. Und er hat der heiligen Fara einen Scheffel Kichererbsen versprochen. Denn es ist ein Wunder, sagt er, daß er nicht getroffen worden ist. So dicht, wie er neben dem Ziel stand... Der Schaffner hat nicht einmal den Kohlensack gesehen... Die Fahrgäste, die rechts saßen, sagen, die Fensterscheiben seien trübe wie Milchglas gewesen. So beschlagen waren sie. Und vielleicht stimmt das sogar... Ja, Vorsitzender einer Baugenossenschaft. Einer kleinen Genossenschaft. Anscheinend hat sie nie größere Aufträge übernommen. Höchstens bis zu zwanzig Millionen. Kleine Blocks im sozialen Wohnungsbau, Kanalisationsarbeiten, Straßen im Ort... Salvatore Colasberna. Co-la-sbe-rna. Maurer von Beruf. Die Genossenschaft hat er vor zehn Jahren zusammen mit zwei Brüdern und vier oder fünf anderen Maurern aus dem Dorf gegründet. Ein Landmesser galt als Direktor. Aber er selbst hatte die Arbeiten unter sich und kümmerte sich um die Verwaltung... Das Geschäft ging gut. Er und die anderen begnügten sich mit kleinen Gewinnen, als täten sie Lohnarbeit... Nein, offenbar gehören ihre Arbeiten nicht zu der Sorte, die beim ersten Regen auseinanderfällt... Ich habe ein funkelnagelneues Bauernhaus gesehen, das sackte wie ein Kartenhaus zusammen, weil eine Kuh sich daran scheuerte... Nein, die Firma Smiroldo, ein großes Baugeschäft, hatte es gebaut. Ein Bauernhaus, das eine Kuh eindrückt... Colasberna, habe ich mir sagen lassen, hat solide gearbeitet. Hier ist doch die Via Madonna di Fatima. Die hat seine Genossenschaft gebaut. Trotz all dem Autoverkehr hat sie sich noch keinen Zentimeter gesenkt. Dabei bauen größere Firmen Straßen, die nach einem Jahr aussehen wie die Kamelhöcker... Ja, Vorstrafen hatte er. Neunzehnhundertvier... Hier, vierzig. Am dritten November vierzig... Er fuhr mit dem Autobus. Autobusse scheinen ja sein Unglück gewesen zu sein. Es wurde über den Krieg gesprochen, den wir in Griechenland angefangen hatten. Jemand sagte: ‹Damit werden wir in vierzehn Tagen fertig.› Er meinte Griechenland. Colasberna sagte: ‹Ihr werdet euch noch wundern...› Im Autobus war einer von der Miliz, der zeigte ihn an... Wie?... Entschuldigen Sie, Sie haben mich gefragt, ob er Vorstrafen hatte. Und ich antworte an Hand seiner Papiere: Ja, er hatte welche... Schön. Er hatte also keine Vorstrafen... Ich, Faschist? Wo ich mich bekreuzige, wenn ich das Rutenbündel sehe... Jawohl, zu Befehl.»

Mit ärgerlicher Sorgfalt legte er den Hörer auf und wischte sich mit dem Taschentuch über die Stirn. Der war Partisan, dachte er, ausgerechnet an einen, der Partisan war, mußte ich geraten.

Die beiden Brüder Colasberna und die anderen Mitglieder der Baugenossenschaft Santa Fara warteten auf die Ankunft des Hauptmanns. Ganz in Schwarz, die beiden Brüder mit schwarzen wolligen Halstüchern, unrasiert und mit geröteten Augen saßen sie in einer Reihe nebeneinander. Reglos starrten sie auf ein farbiges Zeichen an der Wand, auf dem geschrieben stand: «Schußwaffen hier abstellen.» Der Ort, an dem sie sich befanden, und das Warten erfüllten sie mit glühender Scham. Der Tod ist nichts im Vergleich zur Schande. Weit von ihnen entfernt, auf der äußersten Kante eines Stuhles, saß eine junge Frau. Sie war nach ihnen gekommen. Sie wolle mit dem Wachtmeister sprechen, so hatte sie dem Schreibstubengefreiten gesagt. Der Gefreite hatte geantwortet, der Wachtmeister habe zu tun. Gleich werde der Hauptmann kommen, deshalb habe der Wachtmeister zu tun. «Dann warte ich», sagte sie und setzte sich auf die Stuhlkante. Ihre Hände machten einen ganz nervös, so unruhig waren sie. Sie kannten sie vom Sehen. Sie war die Frau eines Okulierers, der nicht aus dem Dorf stammte. Nach dem Krieg war er aus dem benachbarten Dorf B. zugezogen und hatte sich in S. niedergelassen. Denn er hatte hierher geheiratet. Und auf Grund der Mitgift seiner Frau und seiner Arbeit galt er in dem armen Dorf als wohlhabend. Die Mitglieder der Genossenschaft Santa Fara dachten: Wahrscheinlich hat sie sich mit ihrem Mann gezankt, und nun schaut sie sich nach Hilfe um. Und das war der einzige Gedanke, der sie von ihrer Schande ablenkte.

Man hörte ein Auto auf den Hof fahren und halten. Absatzgetrappel den Gang entlang. Dann betrat der Hauptmann den Raum, wo die Männer warteten. Im gleichen Augenblick öffnete der Wachtmeister die Tür seiner Amtsstube, stand stramm und grüßte mit so hoch erhobenem Kopf, als wolle er die Decke einstoßen. Der Hauptmann war jung, groß und hellhäutig. Schon bei seinen ersten Worten dachten die Genossenschaftsmitglieder zugleich erleichtert und geringschätzig: Einer vom Festland. Die vom Festland sind freundlich, begreifen aber nichts.

Wieder in eine Reihe setzten sie sich vor den Schreibtisch im Amtszimmer des Wachtmeisters. Der Hauptmann saß im Armsessel des Wachtmeisters. Der Wachtmeister stand. Und seitlich, vor der Schreibmaschine, saß der Carabiniere Sposito. Er hatte ein Kindergesicht, der Carabiniere Sposito. Aber den Brüdern Colasberna und ihren Teilhabern flößte seine Gegenwart tödliche Unruhe ein, Angst vor dem unbarmherzigen peinlichen Verhör, vor der schwarzen Saat der Schrift. *Weißes Land, drauf schwarz gesät, Sämann denkt daran so stet,* heißt es in dem Rätsel von der Schrift.

13

Der Hauptmann sprach ihnen sein Beileid aus und entschuldigte sich dafür, daß er sie in die Kaserne bestellt und sich verspätet habe. Sie dachten nochmals: Einer vom Festland. Wirklich wohlerzogen, diese Leute vom Festland. Dabei verloren sie aber den Carabiniere Sposito nicht aus den Augen. Die Finger leicht auf die Tasten der Schreibmaschine gelegt, saß er ruhig und gespannt da wie ein Jäger, der, den Finger am Abzug, den Hasen im Mondschein erwartet.

«Sonderbar», sagte der Hauptmann, als fahre er in einem unterbrochenen Gespräch fort, «wie man sich hierzulande in anonymen Briefen Luft macht. Niemand redet, aber zum Glück für uns, ich meine für uns Carabinieri, schreiben alle. Man vergißt die Unterschrift, aber man schreibt. Bei jedem Mord, bei jedem Diebstahl flattert mir ein Dutzend anonymer Briefe auf den Tisch. Und man schreibt mir auch von Familienstreitigkeiten und von betrügerischem Bankrott. Und von den Liebesgeschichten der Carabinieri...» Er lächelte dem Wachtmeister zu und spielte, so dachten die Genossenschaftsmitglieder, vielleicht darauf an, daß der Carabiniere Savarino mit der Tochter des Tabakhändlers Palizzolo ging. Das ganze Dorf wußte davon, und man rechnete mit Savarinos baldiger Versetzung.

«In Sachen Colasberna», fuhr der Hauptmann fort, «habe ich bereits fünf anonyme Briefe bekommen. Für eine Angelegenheit, die sich vorgestern zugetragen hat, schon eine ganz stattliche Anzahl. Und sicherlich bekomme ich noch mehr... Colasberna ist aus Eifersucht umgebracht worden, sagt ein Ungenannter und erwähnt auch den Namen des eifersüchtigen Ehemanns...»

«Unsinn», sagte Giuseppe Colasberna.

«Das meine ich auch», sagte der Hauptmann und fuhr fort: «Ein anderer ist der Ansicht, er sei versehentlich umgebracht worden. Weil er einem gewissen Perricone glich, einem Kerl, den nach Ansicht des ungenannt bleibenden Berichterstatters bald die Kugel treffen wird, die ihm gebührt.»

Die Mitglieder wechselten rasch forschende Blicke.

«Mag sein», sagte Giuseppe Colasberna.

«Ausgeschlossen», sagte der Hauptmann. «Der Perricone, von dem in dem Brief die Rede ist, hat vor vierzehn Tagen seinen Paß ausgestellt bekommen und hält sich augenblicklich in Lüttich in Belgien auf. Ihr wußtet das vielleicht nicht, und gewiß wußte es der Schreiber des anonymen Briefes nicht. Aber einem der ihn umlegen wollte, wäre dieser Sachverhalt gewiß nicht entgangen... Andere Hinweise, die noch unsinniger sind als diese, will ich gar nicht erwähnen. Aber hier ist einer, den ich euch gründlich zu überdenken bitte. Denn meiner Meinung nach führt er auf die richtige Fährte... Eure Arbeit, die Konkurrenz, die Ausschreibungen. Dem sollte man zweifellos nachgehen.»

Abermals fragende Blicke.

«Das kann nicht sein», sagte Giuseppe Colasberna.

«Und ob es sein kann», sagte der Hauptmann, «und ich will euch sogar sagen, wieso und weshalb. Auch abgesehen von eurem Fall bekomme ich viele genaue Informationen über den Gang der Ausschreibungen. Leider nur Informationen, denn wenn ich Beweise hätte... Nehmen wir mal an, daß in dieser Gegend, in dieser Provinz zehn Firmen arbeiten. Jede Firma hat ihre Maschinen, ihr Material. Dinge, die nachts am Straßenrand oder in der Nähe der Baustellen stehenbleiben. Und die Maschinen sind empfindlich. Man braucht nur einen Teil davon zu entfernen, unter Umständen nur eine Schraube, dann sind Stunden oder ganze Tage nötig, um sie wieder in Gang zu bringen. Und das Material, das Benzin, den Teer, die Armaturen verschwinden zu lassen oder an Ort und Stelle zu verbrennen, ist eine Kleinigkeit. Gewiß steht in der Nähe der Maschinen oder des Materials oft die Baubude mit einem oder zwei Arbeitern, die dort schlafen. Aber sie schlafen halt. Und es gibt Leute, ihr versteht mich, die niemals schlafen. Liegt es nicht nahe, diese Leute, die nicht schlafen, um Protektion zu bitten? Um so mehr, als euch diese Protektion sofort angeboten worden ist. Und wenn ihr so unklug wart, sie abzulehnen, so ist einiges vorgefallen, das euch überzeugt hat, daß ihr sie annehmen müßt... Selbstverständlich gibt es Dickköpfe, Leute, die nein sagen, sie wollten sie nicht. Und selbst mit dem Messer an der Kehle wollen sie keine Protektion annehmen. Soweit ich sehe, seid ihr solche Dickköpfe. Oder nur Salvatore war einer...»

«Davon ist uns nichts bekannt», sagte Giuseppe Colasberna. Die andern nickten entgeistert.

«Mag sein», sagte der Hauptmann, «mag sein... Aber ich bin noch nicht am Ende. Es gibt also zehn Firmen. Und neun nehmen Protektion an oder fordern sie. Aber es wäre eine ganz armselige Gesellschaft, ihr versteht, von welcher Gesellschaft ich rede, wenn sie sich mit dem, was ihr ‹guardianía› nennt, und dem Gewinn daraus begnügen wollte. Die Protektion, die

die Gesellschaft bietet, geht sehr viel weiter. Sie schanzt euch, das heißt den Firmen, die mit Protektion und Reglementierung einverstanden sind, die privaten Ausschreibungen zu. Sie gibt euch wertvolle Hinweise über die öffentlichen Ausschreibungen und hilft euch im Augenblick der behördlichen Prüfung.

Selbstverständlich ist, wenn neun Firmen Protektion angenommen haben, die zehnte, die sich der Protektion entzieht, ein schwarzes Schaf. Natürlich macht sie nicht viel Ärger. Aber allein die Tatsache, daß sie existiert, ist schon eine Herausforderung und ein schlechtes Beispiel. Man muß sie darum im Guten oder im Bösen zwingen, mitzuspielen – oder für immer zu verschwinden, indem man sie erledigt...»

Giuseppe Colasberna sagte: «Von dergleichen habe ich niemals gehört.» Und seine Brüder und ihre Teilhaber nickten zustimmend.

«Nehmen wir mal an», fuhr der Hauptmann fort, als habe er nichts gehört, «daß eure Genossenschaft, die Santa Fara, das schwarze Schaf in der Gegend ist. Die, die nicht mitspielen will. Sie stellt ihre Kalkulationen an Hand der Ausschreibungsbedingungen ehrlich an und stellt sich ohne Protektion der Konkurrenz. Und manchmal, besonders, wenn es um das höchste oder das niedrigste Angebot geht, gelingt es ihr, das richtige Angebot zu machen, eben weil sie ihre Kalkulationen ehrlich angestellt hat... Eine Respektsperson, wie ihr das nennt, kommt eines Tages und hält Salvatore Colasberna einen Vortrag. Einen Vortrag, der alles und nichts sagt, unentzifferbar wie die Rückseite einer Stikkerei. Ein Wirrwarr von Fäden und Knoten, und nur auf der andern Seite erkennt man das Muster... Colasberna will diese andere Seite des Vortrages nicht erkennen, oder er kann es nicht. Und die Respektsperson ärgert sich. Die Gesellschaft schreitet zur Tat. Eine erste Warnung. Ein kleines Lager, das in Flammen aufgeht oder dergleichen. Eine zweite Warnung. Eine Kugel, die euch streift, abends spät, gegen elf Uhr, wenn ihr nach Hause geht ...»

Die Genossenschaftsmitglieder vermieden es, den Hauptmann anzusehen. Sie schauten auf ihre Hände und erhoben dann ihre Augen zum Bild des Carabinierikommandeurs, zu dem des Präsidenten der Republik und zum Kruzifix. Nach einer langen Pause kam der Hauptmann auf das zu sprechen, was sie am meisten befürchteten. «Ich glaube», sagte er, «eurem Bruder ist vor sechs Monaten abends gegen elf auf dem Heimweg etwas dieser Art zugestoßen. Stimmt's?»

«Nicht, daß ich wüßte», stammelte Giuseppe.

«Die wollen nicht sprechen», mischte sich der Wachtmeister ein. «Auch wenn einer nach dem anderen umgelegt wird, sprechen die nicht. Sie lassen sich einfach abmurksen ...»

Der Hauptmann unterbrach ihn mit einer Handbewegung. «Hör mal», sagte er, «da drüben ist eine Frau, die wartet ...»

«Ich gehe schon», sagte der Wachtmeister ein bißchen gekränkt.

«Ich habe euch nichts mehr zu sagen», sagte der Hauptmann. «Ich habe euch schon viel gesagt, und ihr habt mir nichts zu sagen. Aber ehe ihr geht, möchte ich, daß mir jeder von euch seinen Vor- und Zunamen, seinen Geburtsort, sein Geburtsdatum und seine Adresse auf dieses Blatt schreibt ...»

«Ich schreibe langsam...» sagte Giuseppe Colasberna. Die anderen sagten, auch sie schrieben nur langsam und mühselig.

«Das macht nichts», sagte der Hauptmann, «wir haben Zeit.»

Er zündete sich eine Zigarette an und schaute zu, wie sich die Genossenschaftsmitglieder auf dem Blatt abmühten. Sie schrieben, als sei die Feder so schwer wie ein Preßlufthammer, ein Preßlufthammer, der in ihren unsicheren zitternden Händen bebte. Als sie fertig waren, klingelte er nach dem Schreibstubengefreiten. Der trat zugleich mit dem Wachtmeister ein.

«Begleite die Herren hinaus», befahl der Hauptmann. Bei Gott, wie fein der einen behandelt, dachten die Genossenschaftsmitglieder. Und vor Freude, daß sie mit fast nichts davongekommen (das *fast* knüpfte sich an die Schriftproben, die der Hauptmann von ihnen verlangt hatte) und von einem Carabinierioffizier «Herren» genannt worden waren, vergaßen sie beim Hinausgehen die Trauer, die sie trugen, und hatten Lust zu rennen wie die Buben, wenn die Schule aus ist.

Der Hauptmann verglich inzwischen ihre Schriften mit der des anonymen Briefes. Er war davon überzeugt, daß einer von ihnen den Brief geschrieben hatte. Und trotz der unnatürlichen Neigung und Verzerrung der Schrift in dem Brief war kein Sachverständiger nötig, um bei ihrem Vergleich mit den Personalien auf dem Blatt festzustellen, daß Giuseppe Colasberna der Briefschreiber war. Der Hinweis in dem anonymen Brief war also beachtenswert, zutreffend.

Der Wachtmeister begriff nicht, warum der Hauptmann die Schriften so sorgfältig studierte. «Das ist, als wolle man einen Schleifstein auspressen. Dabei kommt nichts heraus», sagte er und meinte damit die Brüder Colasberna, ihre Teilhaber, das gesamte Dorf und ganz Sizilien.

«Etwas kommt immer heraus», sagte der Hauptmann. Wenn du nur zufrieden bist, soll's mir recht sein, dachte der Wachtmeister, der sich in Gedanken die Freiheit nahm, selbst den General Lombardi zu duzen.

«Und die Frau da?» fragte der Hauptmann und schickte sich an, wieder zu gehen.

«Ihr Mann», sagte der Wachtmeister, «ist vorgestern zum Okulieren aufs Land gegangen und bisher nicht nach Hause gekommen... Vermutlich hat er sich's auf einem Bauernhof bei einem fetten Lamm und Wein wohl sein lassen. Und stinkbesoffen wird er sich zum Schlafen irgendwo ins Heu geworfen haben... Heut abend kommt er heim. Da wett ich meinen Kopf drum.»

«Vorgestern... An deiner Stelle würde ich mich auf die Suche nach ihm machen», sagte der Hauptmann.

«Jawohl, Herr Hauptmann», sagte der Wachtmeister.

«Der gefällt mir nicht», sagte der Mann in Schwarz. Sein Gesicht sah aus, als habe er saure Pflaumen gegessen und davon stumpfe Zähne bekommen. Ein sonnengebräuntes, von einer geheimnisvollen Intelligenz erhelltes Gesicht, das ständig wie von Ekel verzerrt war. «Der gefällt mir wirklich nicht.»

«Aber auch der, der vorher dort war, hat dir nicht gefallen. Sollen wir etwa alle vierzehn Tage einen anderen dorthin schicken?» sagte der blonde elegante Mann lächelnd, der neben ihm saß. Auch er Sizilianer, nur von anderem Körperbau und von einer anderen Art, sich zu geben.

Sie saßen in einem römischen Kaffeehaus. Ein ganz und gar rosafarbener und von Schweigen erfüllter Saal. Spiegel, Kronleuchter, die wie große Blumenbuketts aussahen. Eine dunkle, füllige Garderobenfrau, die man wie eine Frucht aus ihrem schwarzen Kittel hätte schälen mögen. Die sollte man nicht sich selbst ausziehen lassen, dachten der Dunkle und der Blonde, der sollte man den Kittel vom Leibe trennen.

«Der damals gefiel mir nicht wegen der Geschichte mit den Waffenscheinen», sagte der Dunkle.

«Und vor dem mit den Waffenscheinen war einer dort, der dir wegen der Geschichte mit der Zwangsverschikkung nicht gefiel.»

«Ist das vielleicht nichts, Zwangsverschickung?»

«Natürlich ist das was. Ich weiß. Aber aus dem einen oder anderen Grund ist dir keiner recht.»

«Aber jetzt liegen die Dinge anders. Daß so ein Kerl in unserer Gegend sitzt, müßte Sie mehr stören als mich... Er ist Partisan gewesen. Wo die Kommunisten bei uns sowieso wie die Pilze aus dem Boden schießen, schicken sie uns nun auch noch einen her, der Partisan gewesen ist. Da muß es ja mit uns bergab gehen...»

«Aber bist du denn sicher, daß er es mit den Kommunisten hält?»

«Ich will Ihnen nur eines erzählen. Sie wissen, wie es augenblicklich mit den Schwefelgruben steht. Ich verfluche den Augenblick, in dem ich mich mit Scarantino assoziiert habe. Sie kennen diese Schwefelgrube ja. Wir gehen dem Ruin entgegen. Das bißchen Kapital, das ich besaß, wird von der Schwefelgrube aufgefressen.»

«Du bist also ruiniert», sagte der Blonde ungläubig und ironisch.

«Wenn ich nicht vollständig ruiniert bin, dann verdanke ich das Ihnen und der Regierung, die sich wahrhaftig genug Gedanken über die Schwefelkrise macht...»

«Sie macht sich so viele, daß sie mit dem Geld, das sie ausspuckt, den Arbeitern ihren Lohn genau und pünktlich zahlen könnte, ohne sie in die Schwefelgruben hinunterschicken zu müssen. Und vielleicht wäre das besser...»

«Jedenfalls steht es schlecht. Und selbstverständlich steht es für alle schlecht. Denn die Zeche kann schließlich nicht ich allein bezahlen. Auch die Arbeiter müssen ihren Teil bezahlen... Sie haben also zwei Wochen lang keinen Lohn bekommen...»

«Drei Monate lang», korrigierte der andere lächelnd.

«So genau erinnere ich mich nicht daran... Und da kommen sie, um bei mir zu protestieren. Pfiffe vor meinem Haus, Worte, die ich Ihnen nicht wiederholen kann. Man hätte sie totschlagen mögen... Na schön, ich wende mich um Hilfe an ihn. Und wissen Sie, was er mir sagt? ‹Haben Sie heute gegessen?› – ‹Das habe ich›, ist meine Antwort. ‹Und gestern auch›, fährt er fort. ‹Und Ihre Familie leidet keinen Hunger, nicht wahr?› fragt er mich. ‹Gott sei Dank nicht›, antworte ich. ‹Und diese Leute da, die vor Ihrem Hause Lärm schlagen, haben die heute gegessen?› Ich war drauf und dran, ihm zu sagen: ‹Da scheiß ich doch drauf, ob die gegessen haben oder nicht.› Aber ich bin wohlerzogen genug, um zu antworten: ‹Das weiß ich nicht.› Er meint: ‹Danach sollten Sie sich mal erkundigen.› Ich sage zu ihm: ‹Ich bin zu Ihnen gekommen, weil die vor meinem Haus stehen und mich bedrohen. Meine Frau und meine Töchter können nicht hinaus, nicht mal, um zur Messe zu gehen.› − ‹Oh›, sagt er, ‹wir werden dafür sorgen, daß sie zur Messe gehen können… Sie bezahlen Ihre Arbeiter nicht, und wir sorgen dafür, daß Ihre Frau und Ihre Töchter zur Messe gehen können.› Mit einem Gesicht, das schwöre ich Ihnen (und Sie wissen ja, wie hitzig ich bin), daß es mir in den Händen juckte…»

«Hm, hm, hm», machte der Blonde in immer lauterem Ton, der die Versuchung zur Gewaltanwendung tadelte und Vorsicht empfahl.

«Ich habe jetzt Nerven wie Drahtseile. Ich bin nicht mehr wie vor dreißig Jahren. Aber trotzdem frage ich: Hat man je einen Sbirren so mit einem anständigen Menschen reden hören? Der ist Kommunist. Nur die Kommunisten reden so.»

«Nicht nur die Kommunisten. Leider. Auch in unserer Partei gibt es Leute, die so reden… Wenn du wüßtest, welchen Kampf wir Tag für Tag, Stunde um Stunde auszufechten haben…»

«Ich weiß. Aber ich hab da eine eindeutige Meinung. Auch die sind Kommunisten.»

«Die sind keine Kommunisten», sagte der Blonde tief melancholisch.

«Wenn sie keine Kommunisten sind, genügt es, daß

der Papst das Nötige sagt. Aber laut und deutlich sagt. Dann haben die ihr Fett.»

«So einfach ist das nicht. Aber lassen wir das, und kommen wir zur Sache zurück. Wie heißt dieser... Kommunist?»

«Bellodi, glaube ich. Befehligt die Kompanie in C. Seit drei Monaten ist er dort und hat schon Unheil angerichtet... Jetzt steckt er seine Nase in die Ausschreibungsangelegenheiten. Auch der Commendatore Zarcone läßt sich Ihnen empfehlen. Er hat mir gesagt: ‹Wir wollen hoffen, daß der Abgeordnete ihn wieder dorthin zurückschickt, wo er seine Polenta fressen kann.›»

«Der gute Zarcone», sagte der Abgeordnete, «wie geht's ihm denn?»

«Es könnte besser gehen», sagte der Dunkle anzüglich.

«Wir werden dafür sorgen, daß es ihm besser geht», versprach der Abgeordnete.

Der Hauptmann Bellodi, Kommandant der Carabinierikompanie in C., hatte den Kontaktmann von S. vor sich. Er hatte ihn unter den üblichen Vorsichtsmaßregeln holen lassen, um zu hören, was er von der Ermordung Colasbernas halte. Gewöhnlich meldete sich der Kontaktmann von selbst, wenn im Dorf etwas von Bedeutung vorgefallen war. Diesmal hatte man ihn holen müssen. Der Mann war als Schafdieb in der ersten Nachkriegszeit vorbestraft. Jetzt vermittelte er, soweit bekannt, lediglich Kredite zu Wucherzinsen. Zum Kontaktmann gab er sich teils aus innerer Berufung und teils in der trügerischen Hoffnung her, auf diese Weise bei seinem Geschäft Straffreiheit zu genießen. Ein Geschäft, das er im Vergleich zu schwerem Raub für redlich und verständig hielt, so recht ein Geschäft für einen Familienvater. Seinen früheren Viehraub nannte er eine Jugendsünde. Denn ohne eine Lira eigenen Kapitals brachte er es jetzt nur dadurch, daß das Geld anderer durch seine Hand ging, fertig, seine Frau und drei Kinder zu ernähren. Er legte Geld beiseite, um es morgen in ein kleines Geschäft zu stecken. Hinter einem Ladentisch zu stehen und Stoff abzumessen, war nämlich der Traum seines Lebens. Aber von seiner Jugendsünde, von der Tatsache, daß er im Gefängnis gesessen hatte, war das bequeme und einträgliche Geschäft, das er jetzt betrieb, abhängig. Denn die, die ihm ihr Geld anvertrauten, unverdächtige Ehrenleute, die viel von sozialer Ordnung und Hochämtern hielten, rechneten auf seinen Ruf, damit es die Schuldner bei ihren Zahlungen nicht an Pünktlichkeit und an dem gebotenen Schweigen fehlen ließen. Und tatsächlich zahlten die Schuldner aus Angst vor dem Vermittler hundert Prozent Wucherzinsen, und zwar pünktlich zum Termin. «Ich hab meine Jacke im Ucciardone hängen lassen», pflegte er zu spaßen oder zu drohen. Wenn er also jemanden umbrachte, sollte das heißen, würde er die Jacke im Zuchthaus von Palermo wieder abholen. In Wirklichkeit aber brach ihm beim Gedanken an dieses Zuchthaus der kalte Schweiß aus. Wenn ausnahmsweise Zahlungsaufschub gewährt wurde, so geschah es nach einem progressiven System. Wer sich zum Beispiel einen Kredit genommen hatte, um sich einen Esel zu kaufen, den er für seinen Morgen Land brauchte, bei dem holte sich der Gläubiger nach Ablauf von zwei Jahren den Esel und den Morgen Land.

Wäre die Angst nicht gewesen, der Kontaktmann hätte sich für glücklich gehalten, und in seiner Seele und seinem Besitzstand nach für einen Ehrenmann. Aber die Angst rumorte in ihm wie ein tollwütiger Hund. Sie wimmerte, keuchte, sabberte und heulte in seinem Schlaf plötzlich auf. Und sie nagte, nagte in seinem Innern, an seiner Leber und an seinem Herzen. Dieses brennende Nagen an seiner Leber und das plötzliche Zappeln seines Herzens, gleich einem lebenden Kaninchen in der Schnauze eines Hundes, hatten die Ärzte diagnostiziert. Und sie hatten ihm so viele Medizinen verschrieben, daß sie die ganze Platte der Kommode bedeckten. Aber von seiner Angst wußten sie nichts, die Ärzte.

Er saß vor dem Hauptmann, drehte nervös seine Mütze zwischen den Fingern und wandte sich ein wenig zur Seite, um ihm nicht ins Gesicht schauen zu müssen. Und unterdessen nagte der Hund, knurrte und nagte. Der Abend war eisig. Im Amtszimmer des Hauptmanns strahlte ein elektrisches Öfchen so spärliche Wärme aus, daß man die Grabeskälte in dem großen, fast unmöblierten Raum nur um so deutlicher spürte. Die alten Valenzia-Kacheln, mit denen der Fußboden ausgelegt war, sahen durch die Farbe ihrer Glasur (und durch die herrschende Kälte) wie Eis aus. Aber der Mann schwitzte. Ein kaltes Leichentuch umhüllte ihn bereits, eisig auf der brennenden Rose der Schrotschüsse in seinem Körper.

Sobald der Kontaktmann von Colasbernas Tod hörte,

begann er sich seine Lüge zurechtzulegen. Bei jeder Einzelheit, die er hinzufügte, und bei jeder Verbesserung sagte er wie ein Maler, der von seinem Bild zurücktritt, um die Wirkung eines Pinselstriches zu prüfen: Vollkommen. Es fehlt nichts mehr daran. Aber dann machte er sich doch wieder ans Verbessern und Hinzufügen. Und noch während der Hauptmann sprach, verbesserte er und fügte fieberhaft Neues hinzu. Der Hauptmann wußte aus einem umfänglichen Aktenstück, das sich auf Calogero Dibella, genannt Parrinieddu, den Kontaktmann, bezog, daß der Mann einer der beiden *cosche* der dörflichen Mafia nahestand, ja vielleicht angehörte. (Man hatte ihm erklärt, daß *cosca* der dichte Blätterkranz der Artischocken ist.) Und zwar derjenigen, die, wenn auch nicht nachweisbar, Einfluß auf die öffentlichen Arbeiten hatte. Die andere, jüngere und waghalsigere *cosca,* befaßte sich, da S. ein Dorf am Meer war, mit dem Schmuggel amerikanischer Zigaretten. Der Hauptmann sah deshalb die Lüge des Kontaktmanns voraus. Gleichwohl war es nützlich, seine Reaktionen bei dieser Lüge zu beobachten.

Er hörte ihn an, ohne ihn zu unterbrechen, und versetzte ihn durch gelegentliches verstreutes Nicken in immer größere Verlegenheit. Und währenddessen dachte er an jene Kontaktleute, die unter einer dünnen Schicht Erde und trockener Blätter in den Tälern des Apennin lagen. Armselige Leute, nichts als schmutzige Angst und als Laster. Und doch spielten sie ihre Todespartie. Auf dem Grat der Lüge zwischen Faschisten und Partisanen spielten sie um ihr Leben. Und das einzig Menschliche an ihnen war dieser Todeskampf, in dem sie um sich schlugen und in den sie eben ihrer

Feigheit wegen geraten waren. Aus Todesangst stellten sie sich jeden Tag dem Tod. Und schließlich tauchte der Tod empor. Endlich der Tod. Als letztes, endgültiges, einziges, der Tod. Nicht mehr das doppelte Spiel, der doppelte Tod jeder Stunde.

Der Kontaktmann von S. wagte sein Leben. Die eine oder die andere *cosca* würde ihn eines Tages mit einem doppelten Schrotschuß oder einer Maschinenpistolensalve erledigen. (Auch im Gebrauch der Waffen unterschieden sich die beiden *cosche*.) Aber wenn er sich zwischen Mafia und Carabinieri entscheiden mußte, den beiden Parteien, zwischen denen er sein Hasardspiel betrieb, drohte der Tod ihm nur von der einen Seite. Hier auf dieser Seite gab es keinen Tod. Hier saß dieser blonde, gutrasierte Mann in seiner eleganten Uniform. Dieser Mann, der beim Sprechen das S verschluckte, der die Stimme nicht erhob und ihn nicht verächtlich behandelte. Und doch war er das Gesetz, schrecklich wie der Tod. Nicht das Gesetz, das aus Vernunft entsteht und selbst Vernunft ist. Für den Kontaktmann war das Gesetz das Gesetz eines Mannes, das von den Gedanken und den Lauten dieses Mannes seinen Ausgang nimmt. Von dem Kratzer, den er sich beim Rasieren zufügen kann, oder von dem guten Kaffee, den er getrunken hat. Ein völlig vernunftloses Gesetz, das jeden Augenblick von dem geschaffen wird, der befiehlt. Von der Polizei oder dem Carabinieri-Wachtmeister, vom Polizeipräsidenten oder vom Richter. Alles in allem von dem, der die Macht hat. Daß das Gesetz unveränderlich geschrieben stand und für alle gleich war, hatte der Kontaktmann nie geglaubt, noch konnte er daran glauben. Zwischen

Armen und Reichen, zwischen Wissenden und Unwissenden standen die Männer des Gesetzes. Und nach der einen Seite konnten diese Männer nur den Arm der Willkür ausstrecken, und nach der anderen mußten sie beschützen und verteidigen. Ein Stacheldraht, eine Mauer. Und der Mann, der geraubt und seine Strafe abgebüßt hatte, der sich an die Mafialeute hielt, Kredite zu Wucherzinsen vermittelte und Spitzeldienste tat, suchte nach einer Bresche in der Mauer, nach einem Loch im Stacheldraht. Bald würde er ein kleines Kapital in der Hand haben und einen Laden eröffnen. Seinen ältesten Sohn hatte er ins Seminar gesteckt. Er sollte Priester werden oder noch vor den Weihen das Seminar verlassen und, was noch besser war, Rechtsanwalt werden. Hatte man die Mauer einmal hinter sich, dann konnte einem das Gesetz keine Angst mehr einjagen. Dann würde es schön sein, auf diejenigen herabzusehen, die diesseits der Mauer, diesseits des Stacheldrahtes zurückgeblieben waren. Angstgepeinigt wie er war, fand er so ein bißchen Trost im Liebäugeln mit seinem zukünftigen Frieden, der sich auf Elend und Ungerechtigkeit gründete. Und inzwischen tropfte das Blei für seinen Tod.

Aber der Hauptmann Bellodi, ein Emilianer aus Parma, Republikaner aus Familientradition und Überzeugung, übte – und zwar in einer Polizeiformation – das, was man früher das Waffenhandwerk nannte, mit dem Glauben eines Mannes aus, der an einer Revolution teilgenommen und gesehen hat, wie sich aus dieser Revolution des Gesetz entwickelte. Und diesem Gesetz, das Freiheit und Gerechtigkeit verbürgte, dem Gesetz der Republik, diente er und verschaffte ihm

Respekt. Und wenn er noch immer die Uniform trug, in die er einst durch Zufall geschlüpft war, und wenn er den Dienst noch nicht quittiert hatte, um sich dem Anwaltsberuf zu widmen, für den er eigentlich bestimmt war, dann lag das daran, daß es mit jedem Tag schwieriger wurde, dem Gesetz der Republik zu dienen und ihm Respekt zu verschaffen. Den Kontaktmann freilich hätte es verwirrt, wenn er gewußt hätte, daß ihm ein Mann, Carabiniere und sogar Offizier, gegenübersaß, der die Autorität, mit der er ausgestattet war, so betrachtete wie der Chirurg sein Messer: als Instrument, das vorsichtig, genau und sicher gebraucht werden muß. Daß dieser Mann der Meinung war, das Gesetz leite sich aus der Idee der Gerechtigkeit her und alles, was mit dem Gesetz zusammenhing, sei auch der Gerechtigkeit verbunden. Ein schwieriges und bitteres Handwerk also. Aber der Kontaktmann glaubte, der Hauptmann sei glücklich. Er genieße das Glück der Macht und ihres Mißbrauchs, das um so inniger ist, je größer das Maß der Leiden ist, das man anderen Menschen zufügen kann.

Parrinieddu haspelte sein Lügennetz ab wie der Verkäufer am Ladentisch seinen Baumwollballen vor den Frauen vom Lande. Sein Spitzname, der Pfäfflein bedeutete, bezog sich auf seine Beredsamkeit und die Verlogenheit, die er ausschwitzte. Aber vor dem Schweigen des Offiziers versagte seine Wendigkeit. Weinerlich und schrill kamen die Worte aus seinem Munde. Das Lügennetz, das er abhaspelte, verlor seinen Zusammenhang, wurde unglaubwürdig.

«Glauben Sie nicht», fragte der Hauptmann schließlich ruhig und im Ton freundschaftlichen Vertrauens, «glauben Sie nicht, es wäre zweckmäßiger, anderen Zusammenhängen nachzugehen?» (Den Stimmbändern aus der Emilia geriet das Wort «Zusammenhänge» nur undeutlich, und für einen Augenblick löste das die Verkrampfung des Kontaktmannes.)

Parrinieddu antwortete nicht.

«Halten Sie es nicht für möglich, daß Colasberna, sagen wir mal, aus Interessengründen umgelegt worden ist? Weil er auf gewisse Vorschläge nicht eingegangen ist. Weil er trotz gewissen Drohungen auch weiterhin alles genommen hat, was er bei den Ausschreibungen kriegen konnte.»

Wenn die Amtsvorgänger des Hauptmanns Bellodi dem Kontaktmann Fragen vorlegten, pflegten sie ihm durch ausdrücklichen Hinweis oder drohenden Ton die Möglichkeit polizeilicher Zwangsverschickung oder einer Anzeige wegen Wuchers vor Augen zu führen. Und das ängstigte Parrinieddu nicht, sondern machte ihn sicher. Das war eine klare Beziehung. Die Sbirren zwangen ihn zu Schändlichkeiten. Und er mußte das wenige tun, das hinreichte, um sie zu besänftigen und sich ihr Wohlwollen zu erhalten. Aber bei einem, der freundlich und vertrauensvoll mit dir spricht, liegen die Dinge anders. Deshalb bestätigte er die Frage des Hauptmanns durch eine ungelenke Bewegung seiner Hände und seines Kopfes. Ja, das sei möglich.

«Und Ihnen», fuhr der Hauptmann im selben Ton fort, «Ihnen ist niemand bekannt, der daran Interesse hat? Ich denke nicht an Leute, die auf diesem Gebiet arbeiten. Ich meine die, die nicht arbeiten, sondern an Hilfe und Protektion interessiert sind ... Mir würde es genügen, den Namen des Mannes zu erfahren, der Colasberna vor ein paar Monaten gewisse Vorschläge gemacht hat, Vorschläge, wir verstehen uns, nichts als Vorschläge...»

«Ich weiß von nichts», sagte der Kontaktmann. Und von der Freundlichkeit des Hauptmanns ermuntert, schwang sich sein Spitzelgemüt gleich einer Lerche auf und tirillierte laut vor Freude über die Aussicht, Leiden zufügen zu können. «Ich weiß von nichts. Aber so aufs Geratewohl würde ich sagen, daß entweder Ciccio La Rosa oder Saro Pizzuco diese Vorschläge gemacht haben könnte...» Und schon verwandelte sich sein steiler freudiger Aufflug in einen Absturz, einen Stein, der in die Mitte seines Seins, seiner Angst fiel.

«Noch eine Anfrage an das Parlament», sagte Seine Exzellenz, «ob es von den neuen schweren Bluttaten in Sizilien Kenntnis genommen hat und welche Maßnahmen es einzuleiten gedenkt. Und so weiter, und so weiter... Die Kommunisten, wie gewöhnlich. Anscheinend nehmen sie Bezug auf die Ermordung dieses Bauunternehmers... Wie hieß er schon?»

«Colasberna, Exzellenz.»

«Colasberna... Anscheinend war er Kommunist.»

«Sozialist, Exzellenz.»

«Diese Unterscheidung machen Sie immer. Sie sind eigensinnig, lieber Freund. Lassen Sie mich das aussprechen. Kommunist – Sozialist, was ist das schon für ein Unterschied?»

«Bei Lage der Dinge...»

«Um Himmels willen, geben Sie mir ja keine Erklärungen. Manchmal lese selbst ich die Zeitungen. Wissen Sie...»

«Aber ich würde mir niemals erlauben...»

«Bravo... Also, um zu vermeiden, daß dieser...»

«Colasberna...»

«... dieser Colasberna ein Märtyrer der kommunistischen... entschuldigen Sie, der sozialistischen Idee wird, muß sofort ermittelt werden, wer ihn umgebracht hat. Sofort, sofort. Damit der Minister antworten kann, Colasberna sei das Opfer einer Interessenangelegenheit oder einer Ehebruchsgeschichte geworden und die Politik habe nichts damit zu tun.»

«Die Ermittlungen machen gute Fortschritte. Zweifellos handelt es sich um ein Mafiadelikt. Aber die Politik hat nichts damit zu tun. Der Hauptmann Bellodi...»

«Wer ist Bellodi?»

«Kommandant der Carabinierikompanie in C... Seit einigen Monaten in Sizilien.»

«Aha, da haben wir es. Schon seit einiger Zeit habe ich vor, mit Ihnen über diesen Bellodi zu sprechen. Das ist einer, lieber Freund, der allenthalben Mafia wittert. Einer von diesen Norditalienern, deren Kopf voller Vorurteile steckt. Kaum sind sie von der Eisenbahnfähre gestiegen, wittern sie allenthalben Mafia... Und wenn er behauptet, Colasberna sei von der Mafia ermordet worden, dann sitzen wir schön in der Patsche... Ich weiß nicht, ob Sie die Erklärung gelesen haben, die er vor ein paar Wochen einem Journalisten gegeben hat. Es handelte sich um die Entführung dieses Landwirts... Wie hieß er schon?»

«Mendolia.»

«Mendolia... Da hat er haarsträubende Dinge behauptet. Die Mafia existiere. Sie sei eine mächtige Organisation, die alles kontrolliere: Schafe, Gemüsehandel, öffentliche Arbeiten und griechische Vasen... Der Einfall mit den griechischen Vasen ist unbezahlbar. Ein Witz für die Zeitung... Aber ich möchte meinen, ein bißchen seriös... Glauben Sie an die Existenz der Mafia?»

«Hm...»

«Und Sie?»

«Ich glaube nicht daran.»

«Ausgezeichnet. Wir zwei, wir Sizilianer, glauben nicht an ihre Existenz. Das müßte für Sie, der Sie anscheinend daran glauben, doch etwas bedeuten. Aber ich verstehe Sie. Sie sind kein Sizilianer, und die Vorurteile sterben so schnell nicht aus. Mit der Zeit werden Sie sich davon überzeugen, daß das alles nur aufgebauschte Geschichten sind. Aber inzwischen verfolgen Sie bitte die Ermittlungen dieses Bellodi aufmerksam... Und Sie, der Sie nicht an die Existenz der Mafia glauben, schauen Sie zu, daß etwas unternommen wird. Schicken Sie jemanden hin. Jemand, der sich zu benehmen weiß, der nicht Krach mit Bellodi kriegt, aber... Ima summis mutare. Können Sie Latein? Nicht das des Horaz, mein Latein meine ich.»

Paolo Nicolosi, von Beruf Okulierer, geboren am 14. Dezember 1920 in B., wohnhaft in S., Via Cavour 97, war seit fünf Tagen verschwunden. Am vierten Tag war seine Frau in heller Verzweiflung wieder zum Wachtmeister gekommen. Und der Wachtmeister hatte nun auch angefangen, sich ernstlich Gedanken zu machen. Der Bericht lag auf dem Schreibtisch des Hauptmanns Bellodi, und Via Cavour 97 war rot unterstrichen. Der Hauptmann ging im Zimmer auf und ab und rauchte nervös. Er wartete darauf, daß man ihm vom Strafregister und von der Staatsanwaltschaft Auskünfte über Paolo Nicolosi brachte. Ob er vorbestraft war oder ob ein Verfahren gegen ihn schwebte.

Von der Ecke Via Cavour – Piazza Garibaldi war auf Colasberna geschossen worden. Nach dem Schuß war der Mörder sicherlich nicht auf den Platz gelaufen. Denn dort stand, zwei Schritte von dem Toten entfernt, der Autobus mit rund fünfzig Leuten darin und dem Pastetenverkäufer daneben. Logischerweise war zu vermuten, daß der Mörder durch die Via Cavour entwichen war. Dort wohnte in Nummer 97 Nicolosi. Es war halb sieben Uhr. Nicolosi mußte zum Okulieren in die Flur Fondachello, hieß es in dem Bericht. Zu Fuß eine Stunde Weges. Vielleicht war Nicolosi gerade aus dem Haus gekommen, als der Mörder durch die Via Cavour lief. Er hatte den Mörder erkannt. Aber wer weiß, wie viele andere Leute ihn gesehen hatten. Der Mörder konnte mit Nicolosis Schweigen ebenso sicher rechnen wie mit dem des Pastetenverkäufers und der anderen. Immer vorausgesetzt, daß er überhaupt zu identifizieren war, aus dem Ort stammte und im Ort bekannt war. Und sicherlich war zu einem Verbrechen dieser Art der Mörder von auswärts gekommen. Amerika erteilt seine Lehren.

Keine Phantastereien, hatte ihm der Major anbefohlen. Schon recht, keine Phantastereien. Ganz Sizilien ist ein phantastischer Bereich, und wie sollte man dort ohne Phantasie auskommen? Nichts da. Nur Tatsachen. Diese Tatsachen sahen so aus: Ein gewisser Colasberna war um sechs Uhr dreißig auf der Piazza Garibaldi ermordet worden, als er in den Autobus nach Palermo stieg. Der Mörder hatte von der Ecke Via Cavour – Piazza Garibaldi geschossen und war geflohen. Am gleichen Tag, um die gleiche Zeit verließ einer, der in eben dieser Via Cavour wohnt, sein Haus oder schickte sich an, es zu verlassen. Er hätte, so behauptet seine Frau, abends wie gewöhnlich zur Zeit des Aveläutens heimkehren sollen. Aber er kommt nicht. Und zwar fünf Tage lang. Im Gutshof Fondachello behaupten sie, ihn nicht gesehen zu haben. Sie erwarteten ihn an diesem Tag, aber er hat sich nicht sehen lassen. Verschwunden. Mit dem Maultier und dem Arbeitsgerät zwischen seiner eigenen Haustür und dem Gutshof Fondachello, auf einer Strecke von sechs oder sieben Kilometern verschwunden, ohne eine Spur zu hinterlassen.

Wenn es sich herausstellen sollte, daß Nicolosi vorbestraft war oder jedenfalls Beziehungen zur Verbrecherwelt unterhielt, war auch an Flucht zu denken. Oder, daß man mit ihm wegen irgend etwas abgerechnet, ihn ermordet und jede Spur getilgt hatte. Aber wenn er nicht vorbestraft war, wenn er keine Gründe für eine mehr oder minder vorbedachte Flucht hatte, wenn er niemand war, der durch direkte oder indirekte Beziehungen zur Verbrecherwelt mit ihr so oder so abzurechnen hatte, dann hing sein Verschwinden tatsächlich – und das war keine Phantasterei – mit der Ermordung Colasbernas zusammen.

In diesem Augenblick zog es der Hauptmann nicht in Erwägung, daß Nicolosis Frau irgendwie mit seinem Verschwinden zu tun haben könnte. Das heißt, er dachte nicht an jene Leidenschaftsmotive, auf die sich sowohl die Mafia wie die Polizei so gerne berufen. Seit im plötzlichen Schweigen des Orchesterraumes der Schrei «Sie haben Gevatter Turiddu ermordet» den Opernenthusiasten zum erstenmal einen Schauer über den Rücken gejagt hat, sind in den sizilianischen Kriminalstatistiken und in den Kombinationen beim Lotto die Zusammenhänge zwischen Mord und Ehebruch immer häufiger geworden. Das Leidenschaftsdelikt wird sofort entdeckt. Es zählt also bei der Polizei zu den Aktivposten. Das Leidenschaftsdelikt wird milde bestraft. Es zählt also auch bei der Mafia zu den Aktivposten. Die Natur ahmt die Kunst nach. Von der Musik Mascagnis und dem Messer des Gevatters Alfio auf der Opernbühne hingemordet, begann Turiddu Macca die Reisekarten Siziliens und die Seziertische zu bevölkern. Aber ob Messer oder Gewehr (zum Glück nicht mehr in der Musik), der schlimmste Part fiel oft dem Gevatter Alfio zu. Der Hauptmann Bellodi machte sich das in diesem Augenblick nicht klar. Und das sollte er später durch eine kleine Zurechtweisung büßen.

Von der Staatsanwaltschaft und dem Strafregister brachten die Unteroffiziere D'Antona und Pitrone hinsichtlich Paolo Nicolosis ein Nein zurück. Keine Vorstrafen. Keine schwebenden Verfahren. Das befriedigte den Hauptmann, machte ihn aber auch ungeduldig. Ungeduldig, nach S. zu stürzen. Mit Nicolosis Frau, mit dem oder jenem Freund des Verschwundenen und mit dem Wachtmeister zu sprechen. Die Leute vom Gutshof Fondachello zu verhören und dann gegebenenfalls La Rosa und Pizzuco, die beiden Namen, die der Kontaktmann ihm genannt hatte.

Es war schon Mittag. Er befahl, das Auto startbereit zu machen, und rannte nach unten. Er hatte Lust zu singen. Und tatsächlich trällerte er beim Hinuntergehen und in der Kantine. Er aß zwei belegte Brote und trank einen kochendheißen Kaffee. Der Kantinen-Carabiniere hatte ihn eigens für ihn zubereitet, und zwar mit der besonderen Menge Kaffee und der Geschicklichkeit, über die ein Neapolitaner wie der Kantinier verfügt, wenn es darum geht, sich das besondere Wohlwollen seines Vorgesetzten zu verdienen.

Der Tag war kalt, aber hell. Die Landschaft ganz klar. Bäume, Felder und Felsen machten den Eindruck eisiger Zerbrechlichkeit, als könne ein Windstoß oder ein Schlag sie mit gläsernem Klirren zersplittern. Und wie Glas vibrierte die Luft über dem Motor des Fiat 600. Große schwarze Vögel flogen wie in einem gläsernen Labyrinth umher, in plötzlichen Wendungen und Stürzen, oder als schraubten sie sich zwischen unsichtbaren Wänden empor. Die Straße lag verlassen da. Auf dem hinteren Sitz hielt der Unteroffizier D'Antona, mit dem Finger am Abzug, die Mündung der Maschinenpistole zum Fenster hinaus. Einen Monat zuvor war auf dieser Straße der Postautobus, der von S. nach C. fuhr, angehalten worden. Alle Fahrgäste wurden ausgeplündert. Die Räuber, lauter ganz junge Kerle, saßen bereits im San-Francesco-Gefängnis.

Der Unteroffizier betrachtete unruhig die Straße, dachte an sein Gehalt und seine Ausgaben, an seine

Frau und sein Gehalt, an das Fernsehen und sein Gehalt, an seine kranken Kinder und sein Gehalt. Der Carabiniere, der fuhr, dachte an *Europa nachts,* das er am Abend zuvor gesehen hatte, und an Coccinelle, der ein Kerl war, und wie ist das möglich, und ich möcht mal sehen, was für ein Kerl der ist. Und hinter diesem Gedanken stand, eher eine Vision als ein Gedanke, heimlich und verborgen, damit der Hauptmann nichts davon merkte, seine Sorge darüber, daß er nicht in der Kaserne gegessen hatte. Und wer weiß, ob er so rechtzeitig ankam, um mit den Carabinieri in S. zu essen. Aber der Hauptmann, dieser Teufelskerl, merkte doch etwas von dieser Sorge und sagte, sie beide, der Unteroffizier und der Fahrer, sollten sich in S. so einrichten, daß sie etwas zu essen bekämen. Er mache sich Vorwürfe, daß er vor der Abfahrt nicht daran gedacht habe. Der Carabiniere wurde rot und dachte: Netter Kerl, aber er kann Gedanken lesen. Denn das geschah nicht zum erstenmal. Der Unteroffizier sagte, er habe keinen Hunger und brauche bis morgen nicht zu essen.

In S. erschien der Wachtmeister, den man nicht benachrichtigt hatte. Der Bissen steckte ihm noch im Halse, und er war rot vor Überraschung und Ärger. Der Hammelbraten war auf seinem Teller liegengeblieben, kalt würde er widerlich schmecken, und aufgewärmt noch widerlicher. Hammel muß man heiß essen, wenn das Fett noch daran heruntertropft, und er muß nach Pfeffer duften. Schluß damit. Entsagen wir und schauen wir zu, was es Neues gibt.

Neuigkeiten gab es allerdings. Dieser Meinung war auch der Wachtmeister. Daß zwischen Colasbernas

Ermordung und Nicolosis Verschwinden ein Zusammenhang bestehen sollte, davon war er allerdings nicht ganz überzeugt. Er ließ die Witwe, zwei oder drei Freunde und den Schwager holen. Die Witwe, sagte er zu dem Carabiniere. Denn tot war der auf jeden Fall. Darüber bestand für ihn kein Zweifel. Ein friedlicher Mann wie Nicolosi verschwindet nicht auf so lange Zeit, wenn nicht aus dem einfachen Grunde, weil er tot ist. Und inzwischen schlug er dem Hauptmann vor, einen Bissen zu essen. Der Hauptmann lehnte ab. Er habe bereits gegessen. Du hast gegessen, dachte der Wachtmeister. Und sein Groll erstarrte wie das Fett an den Hammelkoteletten.

Sie war recht hübsch, diese Witwe. Mit braunem Haar und tiefschwarzen Augen. Mit einem feinen, heiteren Gesicht. Um ihre Lippen huschte ein verschmitztes Lächeln. Schüchtern war sie nicht. Sie sprach einen verständlichen Dialekt. Der Hauptmann brauchte den Wachtmeister nicht als Dolmetscher. Er fragte die Frau selbst nach der Bedeutung mancher Wörter. Und entweder fiel ihr das italienische Wort dafür ein, oder sie erklärte in ihrem Dialekt den Dialektausdruck. Der Hauptmann hatte bei seinem Leben unter den Partisanen und später bei den Carabinieri viele Sizilianer kennengelernt. Und er hatte Giovanni Meli mit den Anmerkungen von Francesco Lanza und Ignazio Buttitta und den Übersetzungen von Quasimodo auf der anderen Seite gelesen.

Vor fünf Tagen war ihr Mann gegen sechs Uhr aufgestanden. Sie hatte ihn im Dunkeln aufstehen hören, denn er wollte sie nicht wecken. So hielt er es jeden Morgen. Er war ein zartfühlender Mann. (Genau so sagte sie: er war. Denn hinsichtlich des Schicksals ihres Mannes war sie offenbar der gleichen Meinung wie der Wachtmeister.) Aber sie war, wie jeden Morgen, aufgewacht. Und wie jeden Morgen hatte sie ihm gesagt: «Der Kaffee steht schon fertig in der Kredenz. Du mußt ihn nur aufwärmen.» Und war wieder eingeschlafen, das heißt, nicht eigentlich eingeschlafen, nur so, als schwebe sie über dem Schlaf, der sie rief. Sie hörte den Mann in der Küche rumoren. Dann hörte sie ihn die Treppe hinuntergehen, von der Straße aus die Stalltür öffnen. Bis ihr Mann den Maulesel angeschirrt hatte, fünf oder zehn Minuten später, schlief sie schon wieder. Ein metallischer Laut schreckte sie auf, denn ihr Mann war zurückgekehrt, um seine Zigaretten zu holen. Und im Dunkeln auf dem Nachttisch kraspelnd, hatte er die kleine silberne Herz-Jesu-Statue umgeworfen, ein Geschenk der Tante Oberin, einer Tante von ihrer Seite, Oberin im Kloster von der Unbefleckten Empfängnis. Sie war jetzt fast wach, fragte: «Was gibt's?» Ihr Mann antwortete: «Nichts. Schlaf nur. Ich hatte meine Zigaretten vergessen.» Sie sagte: «Mach ruhig das Licht an.» Denn jetzt war es doch aus mit ihrem Schlaf. Ihr Mann sagte, das sei nicht nötig, und fragte sie dann, ob sie die beiden Schüsse gehört habe, die in der Nähe abgegeben worden seien. Oder ob sie davon aufgewacht sei, daß er die Herz-Jesu-Statue achtlos umgeworfen habe. Denn so war er nun mal. Er konnte sich den ganzen Tag darüber Vorwürfe machen, daß er sie geweckt hatte. Er liebte sie wirklich. «Aber hatten Sie denn die beiden Schüsse gehört?» «Nein. Mein Schlaf ist leicht, was die Geräusche im Hause angeht, für das, was mein Mann tut. Aber draußen könnte man selbst das Feuerwerk zum Rosalienfest abbrennen, und ich würde doch nicht aufwachen.»

«Und dann?»

«Dann hab schließlich ich das Licht angezündet, die kleine Lampe auf meiner Seite. Ich hab mich mitten im Bett aufgesetzt und hab ihn gefragt, was die beiden Schüsse angerichtet hätten. Mein Mann sagte: ‹Ich weiß nicht, aber dann rannte...›»

«Wer?» fragte der Hauptmann und beugte sich in plötzlicher Erregung über den Schreibtisch zu der Frau vor. Ein jäher Schrecken verzerrte ihre Züge. Einen Augenblick lang sah sie häßlich aus. Der Hauptmann lehnte sich wieder in seinen Stuhl zurück und fragte noch einmal ruhig: «Wer?»

«Er sagte einen Namen, an den ich mich nicht erinnere. Oder vielleicht einen Spitznamen. Wenn ich es mir genau überlege, so ist es wohl ein Spitzname gewesen.»

Sie sagte Schimpfname, und zum erstenmal bedurfte der Hauptmann einer erhellenden Erklärung des Wachtmeisters. «Ein Spitzname», sagte der Wachtmeister, «hier haben fast alle einen Spitznamen. Und manche davon sind so beleidigend, daß sie wirklich Schimpfnamen sind.»

«Es kann also ein Schimpfname gewesen sein», sagte der Hauptmann, «oder aber ein Spitzname, sonderbar wie ein Schimpfname... Hatten Sie vorher niemals den Spitz- oder Schimpfnamen gehört, den Ihr Mann aussprach? Versuchen Sie, sich zu erinnern. Es ist sehr wichtig.»

«Vielleicht hatte ich ihn zuvor nie gehört.»

«Versuchen Sie, sich zu erinnern... Und sagen Sie mir

einstweilen, was Ihr Mann sonst noch gesagt oder getan hat.»

«Er sagte nichts mehr und ging fort.»

Seit ein paar Minuten war das Gesicht des Wachtmeisters zu höchst bedrohlicher Ungläubigkeit erstarrt. Seit die Frau so jäh erschrocken war. Das wäre nach seiner Meinung der richtige Augenblick gewesen, um ihr einen noch größeren Schrecken einzujagen und sie so weit einzuschüchtern, daß sie ihn nennen mußte, diesen Namen oder Spitznamen. Denn, bei Gott, der haftete ihr im Gedächtnis. Jawohl, das tat er. Und statt dessen war der Hauptmann sogar noch freundlicher als gewöhnlich geworden. Wer glaubt er eigentlich zu sein, etwa Arsène Lupin? dachte der Wachtmeister und verwechselte bei seinen lange zurückliegenden Lektüreerinnerungen einen Dieb mit einem Polizisten.

«Versuchen Sie, sich an diesen Schimpfnamen zu erinnern», sagte der Hauptmann, «und inzwischen wird der Wachtmeister so freundlich sein, uns einen Kaffee zu besorgen.»

Auch noch Kaffee, dachte der Wachtmeister. Daß man sie nicht mehr richtig anpfeifen darf, na schön. Aber dann noch Kaffee. Aber er sagte nur: «Jawohl, Herr Hauptmann.»

Der Hauptmann fing an, von Sizilien zu reden. Gerade, wo es besonders rauh und nackt sei, sei es auch besonders schön. Und von den Sizilianern, die so intelligent seien. Ein Archäologe hatte ihm erzählt, wie geschickt, behende und feinfühlig die Bauern bei den Ausgrabungen arbeiten könnten. Besser als die Facharbeiter aus dem Norden. Und daß die Sizilianer faul sind, stimmt nicht. Und daß sie initiativelos sind, auch nicht.

Der Kaffee kam. Und er redete immer noch von Sizilien und den Sizilianern. Die Frau trank in kleinen Schlücken. Für die Frau eines Okulierers recht elegant. Nach einem knappen Überblick über die sizilianische Literatur, von Verga bis zum *Leopard,* verweilte der Hauptmann bei jener, wie er es nannte, besonderen Literaturgattung der Spitz- und Schimpfnamen, die häufig durch ein einziges Wort ein Merkmal sehr genau bezeichnen. Die Frau verstand nicht viel davon, und der Wachtmeister auch nicht. Aber manche Dinge, die der Verstand nicht begreift, begreift das Herz. Und in ihren Sizilianerherzen widerhallten die Worte des Hauptmanns melodisch. Es ist schön, ihn reden zu hören, dachte die Frau. Und der Wachtmeister dachte: Reden, das kannst du wirklich. Besser als Terracini. Denn Terracini war für ihn, natürlich von seinen Ideen abgesehen, der größte Redner in allen Wahlversammlungen, denen er dienstlich beiwohnen mußte.

«Es gibt Schimpfnamen, die sich auf körperliche Eigenschaften oder Fehler eines Menschen beziehen», sagte der Hauptmann. «Andere dagegen gelten moralischen Eigenschaften. Wieder andere rühren von einem bestimmten Ereignis oder einer Episode her. Und dann gibt es die erblichen Schimpfnamen, die auf eine ganze Familie ausgedehnt werden. Und die stehen sogar im Grundbuch... Aber wir wollen der Reihe nach vorgehen. Schimpfnamen, die körperliche Eigenschaften oder Fehler bedeuten. Die alltäglichsten: der Blinde, der Hinkefuß, der Lahme, der Linkspatsch... Glich der Name, den Ihr Mann aussprach, einem solchen Namen?»

«Nein», sagte die Frau und schüttelte den Kopf.

«Ähnlichkeiten mit Tieren, mit Bäumen, mit Dingen... Zum Beispiel: Katze für einen Menschen, der graue Augen oder sonst was hat, das an eine Katze erinnert... Ich habe einen gekannt, der trug den Spitznamen *lu chiuppu*, die Pappel. Seiner Statur wegen, und weil er dauernd zitterte. So wurde mir das jedenfalls erklärt... Dinge... Wir wollen mal ein bißchen nach Spitznamen suchen, die sich auf die Ähnlichkeit mit einem Ding beziehen...»

«Ich kenne einen, der heißt Flasche», sagte der Wachtmeister, «weil er wirklich die Figur einer Flasche hat.»

«Wenn Sie gestatten», sagte der Carabiniere Sposito, der so reglos dagesessen hatte, daß er in dem Raum fast unsichtbar geworden war, «wenn Sie gestatten, kann ich ein paar solcher Schimpfnamen nennen, die die Namen von Dingen sind. Laterne heißt einer, dem die Augen vorstehen wie Lampen. Schmorbirne einer, der von wer weiß welcher Krankheit zermürbt ist. *Vircuoco*, Aprikose – ich weiß nicht, warum. Vielleicht, weil der ein ausdrucksloses Gesicht hat. Himmelshostie, weil der ein Gesicht, weiß und rund wie eine Hostie hat...»

Der Wachtmeister räusperte sich anzüglich. Er gestattete keine scherzhaften Anspielungen auf Menschen oder Dinge, die irgendwie mit der Religion zu tun hatten. Sposito verstummte.

Der Hauptmann schaute die Frau fragend an. Sie verneinte, schüttelte mehrmals den Kopf. Der Wachtmeister, dessen Augen zwischen den Lidern zu zwei wäßrigen Spalten geworden waren, beugte sich heftig vor, um sie anzuschauen. Und da sagte sie plötzlich, als sei der Name ihr mit einem jähen Schluckauf hochgekommen: «Zicchinetta.»

«Zecchinetta», übersetzte Sposito sofort, «ein Glücksspiel, das man mit sizilianischen Karten spielt...»

Der Wachtmeister warf ihm einen wütenden Blick zu. Denn der Augenblick der Philologie war vorüber. Jetzt wußten sie den Namen. Und ob er ein Kartenspiel oder einen Paradiesesheiligen bedeutete, war unwichtig. (Und in seinem Kopf schrillten die Jagdsignale so laut und erregten ihn dermaßen, daß der Paradiesesheilige mit der Nase auf die sizilianischen Karten schlug.)

Den Hauptmann überkam indessen jäh ein Gefühl düsterer Entmutigung, ein Gefühl der Enttäuschung und Machtlosigkeit. Dieser Name oder möglicherweise Schimpfname war endlich herausgekommen. Aber erst in dem Augenblick, als der Wachtmeister in den Augen der Frau zur schrecklichen Drohung eines peinlichen Verhörs und der Willkür geworden war. Vielleicht erinnerte sie sich an diesen Namen seit dem Augenblick, als ihr Mann ihn ausgesprochen hatte, und es stimmte nicht, daß sie ihn vergessen hatte. Oder er war ihr erst in der plötzlichen verzweifelten Angst wieder in Erinnerung gekommen. Aber ohne den Wachtmeister, ohne seine bedrohliche Gestalt – ein fetter, gutmütiger Mann, der plötzlich zur Drohung wurde – hätte man es vielleicht nie zu diesem Ergebnis gebracht.

«Nur ein paar Minuten, bis ich rasiert bin», sagte der Wachtmeister. «Dann weiß ich, ob Zicchinetta einer von hier ist. Mein Barbier kennt alle.»

«Geh», sagte der Hauptmann matt. Und der Wachtmeister fragte sich: Was ist denn plötzlich mit dem los? Der Hauptmann war so enttäuscht, daß Heimweh in ihm aufstieg. Der Sonnenstreifen, der mit seinen goldenen Stäubchen auf den Schreibtisch fiel, beleuchtete den Schwarm radfahrender Mädchen auf den Straßen der Emilia, das Filigran der Bäume vor einem weißen Himmel. Und ein großes Haus an der Grenze zwischen Stadt und flachem Land, das im Licht des Abends und der Erinnerung sehr traulich wirkte. *Dove tu manchi,* sagte er mit den Worten eines Dichters aus seiner Heimat zu sich, *all'antica abitudine serale.* Wo du uralter Gewohnheit, abendlicher, fern bist. Worte, die der Dichter für seinen toten Bruder geschrieben hatte. Und im Mitleid mit seinem fernen Ich und in seiner Enttäuschung kam es dem Hauptmann Bellodi so vor, als sei er wirklich schon ein wenig gestorben.

Die Frau schaute ihn ängstlich an. Zwischen ihnen auf dem Tisch lag der Sonnenstreifen. Und er schuf einen Abstand zwischen ihnen, der dem Hauptmann fast unwirklich vorkam, für die Frau dagegen etwas Bedrückendes, Alptraumähnliches hatte.

«Was für ein Mensch war ihr Mann?» fragte der Hauptmann. Und noch während er das fragte, merkte er, daß es ihm ganz natürlich vorkam, nach dem Mann wie nach einem Toten zu fragen. Die Frau war so sehr in ihre eigenen Gedanken versunken, daß sie ihn nicht verstand.

«Ich möchte wissen, was er für einen Charakter hatte. Was für Angewohnheiten, was für Freunde.»

«Er war ein guter Mensch. Für ihn gab's nur seine Arbeit und sein Heim. An den Tagen, an denen er nicht arbeitete, ging er für ein paar Stunden in den

Kleinbauernverein. Sonntags mit mir ins Kino. Er hatte nur ein paar Freunde. Alles prächtige Leute. Der Bruder des Bürgermeisters, ein Polizist...»

«Hat er je Streitigkeiten gehabt? Interessenauseinandersetzungen? Feindschaften?»

«Nie. Im Gegenteil. Er war bei allen wohl gelitten. Er stammte nicht aus dem Dorf. Und hier geht es den Fremden immer gut.»

«Ja, er war nicht aus dem Dorf. Und wie haben Sie ihn denn kennengelernt?»

«Er hat mich bei einer Hochzeit kennengelernt. Einer meiner Verwandten hat eine aus seinem Dorf geheiratet. Ich war mit meinem Bruder auf der Hochzeit. Er hat mich gesehen. Und als mein Verwandter von der Hochzeitsreise zurückkam, hat er ihn beauftragt, zu meinem Vater zu gehen und um meine Hand anzuhalten. Mein Vater hat sich nach ihm erkundigt. Dann hat er mit mir gesprochen. Sagte: ‹Er ist ein braver Junge, sein Handwerk hat einen goldenen Boden.› Und ich sagte: ‹Ich weiß nicht, wie er ausschaut. Ich möchte ihn erst kennenlernen.› Eines Sonntags ist er dann gekommen, nicht zur Verlobung, sondern nur so, als Freund. Er hat wenig gesprochen und hat mich die ganze Zeit wie verzaubert angeschaut. ‹Verhext›, sagte mein Verwandter, als ob ich ihn behext hätte. Er sagte das nur zum Spaß, versteht sich. Ich habe dann eingewilligt, ihn zu heiraten.»

«Und liebten Sie ihn?»

«Gewiß, wir waren ja verheiratet.»

Der Wachtmeister kehrte zurück. Er roch nach dem Kölnischwasser des Friseurs. Er sagte: «Nichts.» Und stellte sich hinter den Rücken der Frau, um dem

Hauptmann mit lebhaftem Mienenspiel anzudeuten, er solle die Frau fortschicken. Denn es gab Neuigkeiten, unglaubliche Dinge, die er zu Lasten der Frau erfahren hatte. Keine Rede von Zicchinetta, sagte seine Hand, die er in Kopfhöhe herumwirbelte.

Die Frau wurde entlassen. Atemlos packte der Wachtmeister aus, sie habe einen Liebhaber. Einen gewissen Passarello, den Kassierer des Elektrizitätswerkes. Das sei sicher. Don Ciccio, der Barbier, habe es ihm erzählt.

Der Hauptmann zeigte sich nicht verwundert, sondern fragte nach Zicchinetta. Damit warf er die alte Gewohnheit, über den Haufen, sobald bei einem Verbrechen Hinweise und Leidenschaftsmotive auftauchten, diesen vordringlich nachzugehen.

«Don Ciccio», sagte der Wachtmeister, «behauptet, es sei völlig ausgeschlossen, daß es im Dorf jemanden mit diesem Spitz- oder Schimpfnamen gebe. Und in diesen Dingen ist Don Ciccio letzte Instanz... Und wenn er behauptet, daß man dem armen Nicolosi Hörner aufgesetzt hat, können wir es für verbrieft und versiegelt nehmen, daß diese Hörner existieren. Es wäre also am Platze, sich diesen Passarello vorzunehmen und ihn ein bißchen auszuquetschen...»

«Nein», sagte der Hauptmann, «wir wollen lieber einen kleinen Ausflug machen, einen Besuch bei deinem Kollegen in B.»

«Ich verstehe», sagte der Wachtmeister. Aber er schien verärgert.

Schweigend fuhren sie nach B., immer am Meer entlang, das still und matt die Farben des Himmels widerspiegelte. Sie trafen den Wachtmeister in seiner Amtsstube an.

Auf seinem Schreibtisch lag zur Einsichtnahme ein Aktenstück betreffs Diego Marchica, genannt Zicchinetta, vor ein paar Monaten infolge Amnestie aus dem Zuchthaus entlassen. Das Aktenstück lag auf dem Schreibtisch des Wachtmeisters, weil man ihm gewisse vertrauliche Mitteilungen über das Spiel, eben die Zecchinetta, gemacht hatte. Marchica widmete sich diesem Spiel im Jagdverein, und er verlor dabei erhebliche Summen, die er sofort bezahlte. Das war für einen arbeitslosen Tagelöhner praktisch unmöglich, wenn er nicht über geheime und sicherlich unerlaubte Geldquellen verfügte.

Marchica, 1917 geboren, hatte seine Karriere 1935 begonnen. Einbruchdiebstahl. Verurteilt. 1938 vorsätzliche Brandstiftung. Den Leuten, deren Zeugenaussage zu seiner Verurteilung wegen Diebstahls geführt hatten, war das Korn auf der Tenne angezündet worden. Mangels Beweisen freigesprochen. Im August 1943 schwerer Raub, verbotener Waffenbesitz, Bandenbildung. Von einem amerikanischen Gericht freigesprochen. (Aus welchen Gründen, blieb unklar.) 1946 Zugehörigkeit zu einer bewaffneten Bande. Bei einer Schießerei mit den Carabinieri festgenommen. Verurteilt. 1951 Mord. Mangels Beweisen freigesprochen. 1955 versuchter Totschlag bei einer Schlägerei. Verurteilt. Interessant war die Anklage wegen Mordes 1951. Ein Mord auf Anstiftung, soweit aus den Geständnissen seiner Komplizen den Carabinieri gegenüber hervorging. Bei der Voruntersuchung schmolzen diese Geständnisse natürlich wie Schnee dahin. Die zwei Geständigen wiesen dem Richter und den Ärzten Prellungen, Schürfungen und Verrenkungen vor, die selbstredend von den Folterungen durch die Carabinieri herrührten. Sonderbar war, daß Marchica, der einzige, der nicht geredet hatte, dem Richter keinerlei Prellungen vorwies. Gegen einen Unteroffizier und zwei Carabinieri wurde Anklage wegen Erpressung von Geständnissen durch Folterung erhoben. Sie wurden aber wegen erwiesener Unschuld freigesprochen. Indirekt galten die Geständnisse also als spontan gemacht. Aber der Fall wurde nicht wiederaufgenommen. Oder vielleicht flatterten die Akten noch irgendwo im Irrgarten der Justiz umher.

In den Anmerkungen wurde Marchica als außerordentlich geschickter und vorsichtiger Verbrecher bezeichnet. Als Totschläger, auf den seine Auftraggeber sich verlassen konnten. Bei Wein und Spiel war er allerdings plötzlicher Aufwallungen fähig, wie aus dem versuchten Totschlag bei der Schlägerei hervorging. Dem Aktenstück lag ein Bericht über eine Wahlversammlung des Abgeordneten Livigni bei. Umgeben von der Blüte der örtlichen Mafia, zu seiner Rechten den Dekan Don Calogero Guicciardo, zu seiner Linken Marchica, war er auf dem mittleren Balkon des Hauses Alvarez erschienen. Und an einer bestimmten Stelle seiner Rede hatte er wörtlich gesagt: «Ich werde beschuldigt, Beziehungen zu Mafia-Leuten, und das heißt zur Mafia, zu unterhalten. Aber ich sage euch, daß ich bis heute nicht begriffen habe, was die Mafia ist und ob sie existiert. Und auf mein Gewissen als Katholik und als Bürger kann ich euch beschwören, daß ich in meinem Leben noch niemals einen Mann der Mafia gekannt habe.» Worauf vom Rande des Platzes, von der Seite der Via La Lumia her, wo sich gewöhnlich die Kommunisten zusammenrotteten, wenn ihre

Gegner eine Wahlversammlung hielten, ganz deutlich gefragt wurde: «Und die, die neben Ihnen stehen, wer sind denn die? Vielleicht Seminaristen?» Und Gelächter pflanzte sich unter der Menge fort, während der Abgeordnete, als habe er die Frage nicht gehört, sich in die Darstellung seiner Pläne zur Sanierung der Landwirtschaft stürzte.

Dieser Bericht in Marchicas Papieren diente als Hinweis auf die Protektion, die Marchica bei einer eventuellen Verhaftung vermutlich genießen würde. Der Wachtmeister von B. kannte sich aus in seinem Geschäft.

«Es tut sich was», sagte der Alte. «Es tut sich was, und das gefällt mir nicht. Die Sbirren führen was im Schilde.»

«Wind», sagte der Junge.

«Bilde dir bloß nicht ein, die Sbirren seien alle Dummköpfe. Unter denen gibt es welche, die einem Kerl wie dir die Schuhe von den Füßen ziehen, und du läufst barfuß weiter, ohne es auch nur zu merken... 1935, ich erinnere mich gut daran, war hier ein Unteroffizier, der hatte den Spürsinn eines Jagdhundes und hatte auch ein Hundegesicht. Passierte was, so setzte der sich auf die Spur und schnappte dich, wie man ein kaum entwöhntes Karnickel schnappt. Ja, der hatte eine Nase. Der war zum Sbirren geboren, wie man zum Priester oder zum Hahnrei geboren ist. Glaub bloß nicht, daß einer zum Hahnrei wird, weil die Frauen ihm Hörner aufsetzen. Oder daß einer Priester wird, weil er sich eines Tages dazu berufen fühlt. Dazu wird man geboren. Und einer wird nicht Sbirre, weil er eines Tages was verdienen muß oder weil er einen Gestellungsbefehl bekommt. Sbirre wird man, weil man zum Sbirren geboren ist. Ich meine natürlich die, denen es damit ernst ist. Es gibt bei den Sbirren auch solche armen Kerle, die wahres Engelsbrot sind. Und die nenne ich nicht Sbirren. Ehrenleute wie der Wachtmeister, der während des Krieges hier war. Wie hieß er schon? Der, der es mit den Amerikanern so gut verstand... Soll man so einen etwa einen Sbirren nennen? Er tat uns Gefälligkeiten, und wir taten ihm welche: Kisten voller Spaghetti und Flaschen voll Öl. Ein Ehrenmann. Nicht zum Sbirren geboren. Das war es. Aber ein Dummkopf war er nicht... Wir nennen Sbirren alle die, die auf ihrem Hut die Flamme mit dem V. E. tragen...»

«Dem V. E. trugen...»

«Trugen. Ich vergesse immer, daß es keinen König mehr gibt... Aber unter denen gibt es Dummköpfe, feine Leute und die richtigen, die geborenen Sbirren. Und mit den Priestern ist das genauso. Willst du etwa Pater Frazzo einen Priester nennen? Das einzig Gute, das man ihm nachsagen kann, ist, daß er ein guter Familienvater ist. Aber Pater Spina, ja, der ist der geborene Priester.»

«Und die Hahnreie?»

«Jetzt komme ich zu den Hahnreien. Einer entdeckt die Seitensprünge, die bei ihm zu Hause getan werden, und richtet ein Blutbad an. Der ist nicht zum Hahnrei geboren. Aber wenn er tut, als merke er nichts, oder sich gar mit seinen Hörnern noch sein Brot verdient, ja, dann ist er der geborene Hahnrei... Jetzt sag ich dir, wie der geborene Sbirre aussieht. Er kommt in ein Dorf, du machst dich an ihn heran, bist freundlich mit ihm, biederst dich mit ihm an. Wenn er verheiratet ist, machst du vielleicht sogar mit deiner Frau Besuch bei ihm. Die Frauen freunden sich an, ihr freundet euch an. Die Leute sehen euch zusammen und denken, ihr seid dicke Freunde. Und du bildest dir ein, auf Grund eurer Freundschaft halte er dich für einen netten Menschen von anständiger Gesinnung. Und statt dessen bleibst du für ihn der Mann, der du in den Papieren auf seiner Wache bist. Und wenn du mal eine Polizeistrafe bekommen hast, bleibst du für ihn jeden Augenblick, auch wenn ihr in der guten Stube zusammen Kaffee trinkt, ein Vorbestrafter. Und wenn es dir mal unterläuft, etwas Verbotenes zu tun, irgendeine Kleinigkeit... Selbst wenn ihr ganz allein seid, er und du, und auch der Herrgott im Himmel sieht euch nicht, bestraft er dich mir nichts dir nichts. Na, und stell dir vor, wenn dir mal was Schlimmeres zustößt. 1927, erinnere ich mich, war hier ein Wachtmeister, der sich bei mir daheim, wie man so sagt, zu Hause fühlte. Kein Tag, an dem seine Frau und seine Kinder nicht zu uns gekommen wären. Und wir waren so befreundet, daß sein Kleinster, ein Kind von drei Jahren, meine Frau Tante nannte. Eines Tages, da taucht er doch bei mir zu Hause mit einem Haftbefehl auf. Das war seine Pflicht, ich weiß. Es herrschten böse Zeiten, damals unter Mori... Aber wie der mich behandelt hat. Als hätten wie uns nie gesehen, nie gekannt... Und wie er meine Frau behandelt hat, als sie in die Kaserne kam, um zu erfahren, was los war. Wie ein tollwütiger

Hund... *Cu si mitti cu li sbirri,* sagte das Sprichwort zu Recht, *ci appizza lu vinu e li sicarri.* Wer's mit den Häschern hält, muß Wein und Zigarren drangeben. Und die habe ich bei diesem Wachtmeister wahrhaftig drangegeben. Denn mit meinem Wein und meinen Zigarren hat der sich's wohl sein lassen.»

«1927», sagte der Junge, «herrschte der Faschismus. Das waren andere Zeiten. Mussolini ernannte die Abgeordneten und die Dorfgewaltigen. Er tat, was ihm in den Sinn kam. Jetzt wählt das Volk die Bürgermeister und die Abgeordneten...»

«Das Volk...» grinste der Alte, «das Volk... Dem Volk hat man damals Hörner aufgesetzt und setzt ihm heute Hörner auf. Der Unterschied besteht lediglich darin, daß der Faschismus dem Volk eine einzige Fahne an seine Hörner hängte und daß die Demokratie es jedem erlaubt, sich selbst eine von der Farbe, die ihm gefällt, an seine eigenen Hörner zu hängen... Wir kommen zu unserem Ausgangspunkt zurück. Es gibt nicht nur Leute, die zum Hahnrei geboren sind. Es gibt auch ganze Völker, die das sind. Von alters her haben sie Hörner aufgesetzt bekommen. Eine Generation nach der anderen...»

«Ich habe nicht das Gefühl, daß man mir Hörner aufsetzt...» sagte der Junge.

«Ich auch nicht. Aber wir, mein Lieber, wir treten den anderen auf die Hörner, als ob wir tanzten...» Und der Alte stand auf und deutete ein paar Tanzschritte an, um zu zeigen, in welchem Rhythmus man von einer Hornspitze auf die andere balancieren muß.

Der Junge lachte. Dem Alten zuzuhören war ein Vergnügen. Die kalte Lust und Gewalt, für die er in seiner

Jugend berühmt gewesen war, das wohlberechnete Hasardspiel, die Schlagfertigkeit seines Geistes und seiner Hände, kurz, alle jene Eigenschaften, die ihm bei seiner Umgebung Furcht und Respekt verschafft hatten, schienen manchmal von ihm zu weichen wie das Meer vom Strand und auf dem Sand seiner Jahre nur die leeren Hülsen der Weisheit zurückzulassen. Manchmal wird er wirklich ein Philosoph, dachte der Junge, der die Philosophie für eine Art Spiegelkabinett hielt, in dem eine lange Erinnerung und eine kurze Zukunft einander nur das Dämmerlicht von Gedanken und verzerrte, ungenaue Bilder der Wirklichkeit zuwerfen. In anderen Augenblicken aber kam der harte, unbarmherzige Mensch wieder zum Vorschein, der er immer gewesen war. Und merkwürdigerweise hagelte es dann, wenn er die Dinge dieser Welt wieder so hart und gerecht wie einst beurteilte, in seiner Rede nur so von den Wörtern Hörner und Hahnrei, in verschiedenen Bedeutungen und Nuancen, aber immer, um seine Verachtung auszudrücken.

«Das Volk, die Demokratie», sagte der Alte und setzte sich wieder. Die Demonstration dessen, wie er es verstehe, den Leuten auf die Hörner zu treten, hatte ihm ein wenig den Atem verschlagen.

«Nichts wie hübsche Erfindungen. Am grünen Tisch von Leuten erfunden, die es fertigbringen, ein Wort dem anderen an den Hinteren zu heften und alle Worte zusammen an den Hinteren der Menschheit. Mit Verlaub gesagt... Mit Verlaub, meine ich, wegen der Menschheit... Ein Wald von Hörnern, diese Menschheit, dichter als der Wald von Ficuzza, als er noch ein richtiger Wald war. Und weißt du, wer sich die Zeit damit vertreibt, auf diesen Hörnern herumzuspazieren? Erstens, und merk dir das gut, die Priester. Zweitens, die Politiker. Und je mehr sie behaupten, mit dem Volk zu gehen, desto mehr trampeln sie ihm auf den Hörnern herum. Drittens, Leute wie du und ich ... Es ist richtig, daß die Gefahr besteht, zu stolpern und sich zu verheddern, für mich ebensogut wie für die Priester und die Politiker. Aber selbst wenn es mich aufschlitzt, bleibt ein Horn doch ein Horn. Und wer es auf dem Kopfe trägt, dem hat man eben Hörner aufgesetzt ... Und das bleibt eine Genugtuung, beim Blut des Heilands, eine wahre Genugtuung. Mir geht's zwar schlecht, ich sterbe, aber euch hat man Hörner aufgesetzt ... Und da wir gerade dabei sind: Dieser Parrinieddu, auch so ein Kerl mit Hörnern auf dem Kopf, kommt mir allmählich verdächtig vor. In all dem Hin und Her von Sbirren hat er doch sicher seine Pfoten drin ... Gestern, als er mich traf, ist er blaß geworden, hat getan, als sehe er mich nicht, und ist in die nächste Gasse eingebogen ... Ich sage: Ich hab dich den Spitzel spielen lassen, weil du, das weiß ich ja, schließlich auch leben mußt. Aber du mußt Vernunft walten lassen, darfst dich nicht gegen die heilige Kirche stellen ...» Und heilige Kirche hieß, daß er selbst und ebenso der heilige Freundschaftsbund, den er vertrat und beschirmte, unantastbar war.

Und immer noch an Parrinieddu gewandt, als stehe der vor ihm, sagte er mit eisiger Feierlichkeit: « ... und wenn du dich gegen die heilige Kirche stellst, was kann ich, mein Lieber, dir dann anhaben? Nichts. Ich sage dir nur, du bist tot im Herzen der Freunde.»

Einen Augenblick lang schwiegen sie, als beteten sie

ein Requiem für den Mann, der in ihrem Herzen tot war. Dann sagte der Alte: «Den Diego, den würde ich für ein paar Tage fortschicken, um sich zu amüsieren. Ich meine, er hätte eine Schwester in Genua...»

Diego Marchica wurde um neun Uhr abends im Jagdverein verhaftet. Dem Wachtmeister aus B., der auf seiner Fahrt zweierlei zu erledigen gedachte, gelang indessen nur die Ausführung eines Vorhabens. Er hatte beabsichtigt, die Spieler bei dem Glücksspiel Zecchinetta zu überraschen und Diego zu verhaften. Aber die Spieler und mit ihnen Diego saßen bei einem harmlosen Spielchen. Offensichtlich hatte jemand Schmiere gestanden und die Carabinieri kommen sehen. Aber Spiel hin, Spiel her, Diego, der erst aufmuckte und sich dann fügte, wurde unter dem Gerede der Leute in die Kaserne abgeführt. Dieses Gerede kam Diego und den Carabinieri als Ausdruck des Erstaunens und des Mitleids zu Ohren. (Was hat er denn getan? Der ging doch nur seinen eigenen Geschäften nach. Der war doch wirklich niemand im Wege.) Heimlich aber, fast nur im Flüsterton, wurde nahezu einhellig der Wunsch laut, Diego möchte den Rest seines Lebens in den Gefängnissen seines Vaterlandes verbringen.

Und während man in B. Diego verhaftete, wurde in S. Parrinieddu zu der Nummer, die die Geheimwissenschaft vom Lotto dem Ermordeten zudenkt. Von seiner unsterblichen Seele abgesehen, die einzige Form des Überlebens, die ihm beschieden war. Die letzten vierundzwanzig Stunden seines Lebens vergingen Calogero Dibella, genannt Parrinieddu, wie im Traum, wenn man durch endlose Wälder geht, die so hoch und dicht sind, daß kein Licht in sie fällt, und so undurchdringlich wie Dornengestrüpp. Zum erstenmal, seit er Kontaktmann war, hatte er den Carabinieri den richtigen Faden in die Hand gespielt, der, wenn man nur richtig an ihm zu ziehen verstand, ein ganzes Gewebe von Freundschaften und Interessen, in das auch seine eigene Existenz mit verflochten war, aufdröseln konnte. Gewöhnlich bezogen seine vertraulichen Mitteilungen sich auf Personen, die nichts mit diesem Geflecht von Freundschaften und Interessen zu tun hatten. Übelbeleumundete Burschen, die abends im Kino einen Raub sahen und sich am nächsten Tag aufmachten, um einen Autobus anzuhalten. Verbrecher kleinen Formats also, Einzelgänger ohne Protektion. Aber diesmal lagen die Dinge anders. Freilich hatte er zwei Namen genannt, und der eine von ihnen, La Rosa, hatte nichts mit der Sache zu tun. Aber der andere war ein sicherer Name, der richtige Faden. Und von dem Augenblick an, da er ihn ausgesprochen hatte, fand er keine Ruhe mehr. Sein Körper war ein von Angst durchweichter Schwamm, selbst das Brennen seiner Leber und das schmerzhafte Flimmern seines Herzens waren wie verloschen.

Pizzuco, der ihn im Café Gulino zurückhalten wollte, um ihm wie schon so oft einen Magenbitter zu spendieren, war zunächst über die Weigerung und das rasche, fluchtartige Verschwinden Parrinieddus verdutzt. Und er dachte den ganzen Tag darüber nach. Denn er war nicht gerade helle. Parrinieddu seinerseits gab dieser

Einladung zu einem Magenbitter den ganzen Tag über tödliche Bedeutungen: bitterer Verrat, bitterer Tod. Er vergaß darüber ganz Pizzucos bekannte Neigung (nach Aussage des Arztes eine Zirrhose) für den Magenbitter. Einen sizilianischen Bitter, wohlgemerkt, von der Firma Gebrüder Averna. Auf ihn stützte sich der Rest von Pizzucos separatistischem Glauben. Denn er hatte, nach seiner eigenen Aussage, dem Freiwilligenheer angehört, das für die Unabhängigkeit Siziliens kämpfte. Nach Meinung der Polizei allerdings war er lediglich ein Anhänger des Banditen Giuliano gewesen.

Noch viele andere beobachteten Parrinieddus Unsicherheit, sein unstetes Umherirren, das dem eines Menschen glich, dem ein Metzgerhund auf den Fersen ist. Und am genauesten beobachteten es diejenigen, vor denen er sich fürchtete und denen er entfliehen wollte. Und schließlich die Begegnung mit dem Mann, den er am meisten fürchtete, mit dem Mann, dem es zuzutrauen war, daß er schon wußte oder doch erriet, was vertraulich zwischen den vier Wänden einer Amtsstube gesagt worden war. Er hatte so getan, als sehe er ihn nicht. Er war gleich um die Ecke gebogen. Aber der hatte ihn mit einem Blick, der unter den schweren Lidern wie erloschen wirkte, schon gesehen.

Von dieser Begegnung an verliefen die letzten vierundzwanzig Stunden des Kontaktmannes in grausamer Hetze. Sein Umherirren auf einer Flucht, von der er doch wußte, daß sie unmöglich war, wechselte mit Visionen ab, in denen er sich selbst bereits als Toten sah. Die Flucht war der langanhaltende Pfiff der Züge, das Land, das sich im Vorbeirasen des Zuges auftat,

Dörfer, die langsam kreisten mit Frauen an den Fenstern und frischen Blumen. Und dann ein unvorhergesehener Tunnel, die vom Rhythmus des Zuges skandierten Todesworte, die schwarzen Wasser des Todes, die über ihm zusammenschlugen.

Ohne es zu wissen, hatte er sich in drei Tagen mit seiner Unruhe, seinen Fehlentscheidungen, seinem sichtbaren Zusammenfahren und Erschrecken selbst seine Grube gegraben. Jetzt brauchten sie ihn nur noch hinzuwerfen «wie einen Hund». Er aber glaubte, der Tod sei eine Folge seiner schändlichen Tat, von der er annahm, man wisse von ihr oder vermute sie doch. Und nicht, weil er selbst mit seinen wahnsinnigen Angstausbrüchen geradezu das Inbild des Verrates darstellte, den er begangen hatte. Die beiden Namen, die er sich hatte entschlüpfen lassen, ruhten im Gedächtnis des Hauptmanns Bellodi, der nicht noch einen Toten vor sich haben wollte und deshalb fest entschlossen war, dem Kontaktmann seinen Schutz angedeihen zu lassen. Aber Parrinieddu mit seinen angstzerrütteten Nerven sah seine vertrauliche Mitteilung allenthalben wie die Spreu im Winde umherfliegen. Und verloren, wie er sich wähnte, schrieb er am Morgen des Tages, der sein letzter sein sollte, dem Hauptmann auf einem Luftpostblatt zwei Namen auf. Und dann: «Ich bin tot.» Und, als schließe er einen Brief: «Hochachtungsvoll Calogero Dibella».

Während das Dorf noch im Schlaf lag, ging er den Brief in den Kasten stecken. Und den ganzen Tag streifte er ziellos durch die Straßen und kehrte dazwischen plötzlich nach Hause zurück. Ein dutzendmal entschlossen, sich in sein Haus einzuschließen, und ebensooft bereit, sich umbringen zu lassen, bis ihn bei seinem letzten Entschluß, sich zu verbergen, auf der Schwelle seiner Tür zwei wohlgezielte Pistolenschüsse trafen.

Seinen Brief las der Hauptmann, nachdem er von seinem Tod erfahren hatte. Er hatte dem Wachtmeister von B. Anweisung gegeben, Marchica zu verhaften, und war dann todmüde nach C. zurückgekehrt, direkt in seine Wohnung. Als man ihm Dibellas Tod meldete, stieg er in seine Amtsstube hinunter. Dort fand er bei der Nachmittagspost den Brief. Er war davon tief beeindruckt.

Mit einer letzten Denunziation, der zutreffendsten und sprengkräftigsten, die er je gemacht hatte, trat dieser Mann von der Bühne des Lebens ab. Zwei Namen in der Mitte des Blattes, und darunter, fast am Rand, die verzweifelte Mitteilung, das «Hochachtungsvoll» und die Unterschrift. Nicht so sehr die Bedeutung dieser Denunziation beeindruckte den Hauptmann, sondern die Verzweiflung, der Todeskampf, die zu ihr geführt hatten. Dieses «Hochachtungsvoll» rührte brüderliches Mitleid und schmerzlichen Ärger in ihm auf. Das Mitleid und den Ärger eines Menschen, der hinter einem Äußeren, das er schon eingeordnet, definiert und abgelehnt hat, plötzlich ein menschliches Herz in seiner Nacktheit und Tragik entdeckt. Mit seinem Tod, mit seinem Abschiedsgruß war ihm der Kontaktmann durch ein menschlicheres Geständnis nähergekommen. Ein Geständnis, das unangenehm und ärgerlich blieb und dem gleichwohl in den Empfindungen und Gedanken des Mannes, an den es sich wandte, eine mitleidige, pietätvolle Antwort zuteil wurde.

Diese Gemütsverfassung schlug plötzlich in Zorn um.

Der Hauptmann empfand die Enge, in die das Gesetz ihn drängte. Wie seine Unteroffiziere spielte er mit dem Gedanken an Machtvollkommenheiten und außerordentliche Handlungsfreiheit. Und doch hatte er solche Träume bei seinen Wachtmeistern immer verurteilt. Eine Suspendierung der Grundrechte in Sizilien für einige Monate, und das Übel wäre für immer ausgerottet gewesen. Aber Moris Unterdrük-kungen und der Faschismus kamen ihm wieder in den Sinn, und seine Ideen und Gefühle fanden wieder das richtige Maß. Aber sein Zorn blieb. Der Zorn eines Mannes aus dem Norden, der ganz Sizilien galt, dieser einzigen Gegend Italiens, der die faschistische Diktatur tatsächlich Freiheit gebracht hatte, die Freiheit, die auf der Sicherheit des Lebens und des Besitzes beruht. Wie viele andere Freiheiten diese Freiheit gekostet hatte, davon wollten und konnten die Sizilianer nichts wissen. Bei den großen Schwurgerichtsprozessen hatten sie alle *don* und *zii* auf der Anklagebank gesehen, die mächtigen Wahlvorstände und Komture der Krone, Ärzte und Advokaten, die zur Verbrecherwelt gehörten oder sie protegierten. Schwache oder korrupte Richter waren abgesetzt worden, willfährige hohe Beamte entfernt. Für den Tagelöhner, den Kleinbauern, den Hirten, den Arbeiter in den Schwefelgruben sprach die Diktatur diese Sprache der Freiheit. Und das ist vielleicht der Grund dafür, dachte der Hauptmann, daß es in Sizilien so viele Faschisten gibt. Nicht, daß sie den Faschismus nur als eine Farce betrachtet und wir ihn, nach dem achten September, als eine Tragödie erlitten hätten. Daran allein liegt es nicht. Es liegt daran, daß ihnen in ihrer Lage eine einzige Freiheit genügte und sie nicht gewußt hätten, was sie mit den anderen anfangen sollten. Aber das war noch kein ausgewogenes Urteil. Und während er diese teils klaren, teils, mangels genauer Kenntnisse, verworrenen Gedanken wälzte, war er schon auf dem Wege nach S., in der Nacht, die das eisige Licht der Scheinwerfer noch weiter und geheimnisvoller machte. Eine riesige Höhle aus glänzenden Schiefern und gleißenden Erscheinungen.

Der Wachtmeister in S. hatte einen schrecklichen Tag hinter sich, und schlimmer noch ließ sich die Nacht für ihn an. Stumm und heimtückisch waren die Wasser des Traumes, die für Augenblicke über ihm zusammenschlugen. Er hatte Marchica aus dem Nachbardorf mitgebracht, der sich freilich still, ja schlaftrunken zeigte wie ein Welpe an den Zitzen der Mutter. Ebenso still hatte er das Polizeigewahrsam betreten, und noch ehe sich die Tür hinter ihm schloß, war er wie ein Sack Knochen auf der Pritsche zusammengesunken.

Und als sei es nicht genug mit Marchica, hatte der Wachtmeister als letzte Überraschung des Tages den Toten gefunden. Das reichte wahrhaftig, um auch den ruhigsten Menschen zum Wahnsinn zu treiben. Aber der Wachtmeister, todmüde und von Hunger erschöpft, war nur schläfrig. Und als er sich deshalb aufmachte, um einen Kaffee zu trinken, veranlaßte ihn die Stimme des Hauptmanns, der gerade angekommen war, stehenzubleiben. Das bedeutete – zumindest was sein Verhältnis zu den Vorgesetzten betraf – unter einem bösen Stern geboren zu sein. Aber der Hauptmann holte ihn ein, trank ebenfalls einen Kaffee und wollte beide bezahlen, obwohl der Barmann von dem

Vergnügen sprach, das es der Bar – ganz unpersönlich – bereite, den Herrn Hauptmann und den Herrn Wachtmeister zu einem Kaffee einzuladen. Das brachte die schlechte Laune des Wachtmeisters in aller Stille wie ein Glas Bier zum Überschäumen. Denn er dachte: Der da bildet sich jetzt ein, mein Verzehr in dieser Bar ginge gratis. Aber die Gedanken des Hauptmanns waren von ganz anderer Natur.

Parrinieddus Leichnam lag noch, von einer schmutzig-blauen Plane bedeckt, auf dem Pflaster. Die wachhabenden Carabinieri hoben die Plane auf. Wie in vorgeburtlichem Schlummer krümmte sich der Leichnam in der dunklen Gebärmutter des Todes zusammen. «Ich bin tot», hatte er geschrieben. Und tot lag er da, fast auf der Schwelle seines Hauses. Aus den geschlossenen Fenstern drang das schmerzliche Geheul seiner Frau und das Gemurmel der Nachbarinnen, die zu ihrem Troste herbeigeeilt waren. Der Hauptmann betrachtete den Toten einen Augenblick lang und gab dann ein Zeichen, ihn wieder zuzudecken. Der Anblick von Toten brachte ihn immer aus der Fassung und jetzt besonders. Vom Wachtmeister gefolgt, kehrte er in die Kaserne zurück.

Sein Plan ging dahin, die beiden sofort zu verhaften, deren Namen ihm Parrinieddu in seinem letzten Geständnis anvertraut hatte. Unter Umständen und auf eine Weise, die er sich schon geschickt zurechtgelegt hatte, wollte er sie verhören. Getrennt und fast gleichzeitig. Die zwei und den dritten, den man schon sicher hatte. Der Wachtmeister hielt Rosario Pizzucos Verhaftung für eine einfache Sache, die kaum mißliche Weiterungen nach sich zog. Aber für den zweiten

Namen, den zu schreiben der Kontaktmann nur als Toter, als den er sich schon bezeichnete, den Mut gehabt hatte, sah er vor sich schon eine endlose Folge von Unheil, Stufe um Stufe immer tiefer hinab, wie ein Gummiball, der schließlich ihm, dem Oberwachtmeister Arturo Ferlisi, Kommandant des Carabinieripostens von S., wieder ins Gesicht springen würde. Und nicht einmal viel Zeit würde darüber vergehen, so wie die Dinge standen. Ängstlich wies er den Hauptmann gehorsamst auf diese Folgen hin. Der Hauptmann hatte sie schon erwogen. Da war nichts zu machen. Man mußte den Esel dort anbinden, wo der Herr es wollte. Und es kam dem Wachtmeister Ferlisi vor, als binde er den Esel mitten unter Töpferwaren an. Und an das, was dabei herauskam, wenn er erst ausschlug, würde man sich für immer erinnern.

«Das begreife ich nicht, begreife ich wirklich nicht. Ein Mann wie Don Mariano Arena, ein Ehrenmann, der nur seinem Heim und der Pfarrei lebt. Und in seinem Alter, der Ärmste, mit all den Leiden, die ihn plagen, mit all seinem Kreuz... Wird wie ein Verbrecher verhaftet, während – erlauben Sie mir, das auszusprechen – zahllose Verbrecher es sich unter unseren Augen wohl sein lassen. Unter euren Augen, sollte ich lieber sagen. Aber ich weiß, wieviel Sie persönlich zu tun versuchen. Und ich schätze Ihre Arbeit ganz ungemein, wenn es auch nicht meine Sache ist, sie ihrem ganzen Verdienst nach zu würdigen...»
«Danke, aber wir tun alle, was möglich ist.»

«Ach nein, lassen Sie mich das aussprechen ... Wenn man nachts an ein hochgeachtetes Haus klopft, ja ein hochgeachtetes Haus, und einen unglücklichen Christenmenschen aus dem Bett holt, der überdies noch alt und leidend ist, und ihn wie einen Übeltäter ins Gefängnis schleppt und damit eine ganze Familie in Angst und Verzweiflung stürzt, nein, das ist, ich will nicht mal sagen, nicht menschlich, nein lassen Sie mich das aussprechen, das ist nicht recht ...»

«Aber es besteht begründeter Verdacht, daß ...»

«Wie und wo begründet? Einer verliert den Verstand und schickt Ihnen einen Wisch, auf dem mein Name steht. Und Sie kommen zu nachtschlafender Zeit daher, und so alt ich bin, ungeachtet meiner untadeligen Vergangenheit, schleppen Sie mich mir nichts dir nichts ins Gefängnis.»

«Offen gesagt, in Arenas Vergangenheit gibt es ein paar Flecken ...»

«Flecken? ... Lieber Freund, lassen Sie mich das als Sizilianer und als Mensch, der ich bin, aussprechen, sofern ich, so wie ich bin, mir Ihr Vertrauen ein bißchen verdient habe. Der berühmte Mori hat den Leuten hier Blut und Tränen abgepreßt ... Das gehört zu den Dingen im Faschismus, von denen man, weiß der Himmel, lieber nicht sprechen sollte. Und sehen Sie, dabei bin ich keineswegs jemand, der schlecht vom Faschismus redet. Gewisse Zeitungen nennen mich ja geradezu einen Faschisten ... Und hat der Faschismus nicht wirklich auch sein Gutes gehabt? Und ob er es gehabt hat. Diese schmutzige Angelegenheit, die sie Freiheit nennen, diese Dreckbatzen, die durch die Luft fliegen, um selbst die weißeste Weste zu beschmutzen, selbst die reinsten Gefühle... Lassen wir das... Mori ist, wie ich Ihnen schon gesagt habe, hier eine Gottesgeißel gewesen. Er kam und schnappte sich, wie man hier so sagt, die reifen und die sauren Früchte. Leute, die was damit zu tun hatten, und Leute, die nichts damit zu tun hatten. Strolche und Ehrenleute. Ganz wie es ihm und denen, die Spitzeldienste für ihn taten, in den Sinn kam... Das war eine Leidenszeit, lieber Freund, und zwar für ganz Sizilien... Und jetzt kommen Sie daher und reden mir von Flecken. Was denn für Flecken? Würden Sie Don Mariano Arena so gut kennen wie ich, dann sprächen Sie nicht von Flecken. Ein Mann, lassen Sie mich das sagen, wie es nur wenige gibt. Ich will hier nicht von seiner Glaubenstreue reden, die Sie vielleicht – ob zu Recht oder zu Unrecht, mag dahingestellt bleiben – gar nicht interessiert. Aber von seiner Redlichkeit, seiner Nächstenliebe, seiner Klugheit... Ein außergewöhnlicher Mensch, versichere ich Ihnen... Insbesondere, wenn man in Betracht zieht, daß er nichts gelernt hat und ohne Bildung ist... Aber Sie wissen ja, wie viel mehr wert als Bildung Herzensreinheit ist... Einen solchen Mann nun wie einen Übeltäter zu holen, erinnert, lassen Sie mich das mit meiner gewohnten Aufrichtigkeit aussprechen, geradezu an die Zeiten Moris...»

«Aber die öffentliche Meinung bezeichnet Arena als einen Mafiaanführer.»

«Die öffentliche Meinung... Was ist denn schon die öffentliche Meinung? Aus der Luft gegriffenes Gerede, in die Luft hineingeredet. Es bringt Verleumdung, üble Nachrede und gemeine Rache mit sich... Und im übrigen: was ist eigentlich die Mafia?... Auch sie nur

Gerede. Daß sie existiert, behauptet jedermann, wo sie existiert, weiß niemand... Gerede, Gerede, das umgeht und – lassen Sie mich das aussprechen – bei den Schwachköpfen Widerhall findet... Wissen Sie, was Vittorio Emanuele Orlando zu sagen pflegte? Ich zitiere Ihnen hier seine Worte, die gerade, weil wir heute seinen Auffassungen so ferne stehen, in unserem Munde – lassen Sie mich das aussprechen – eine besondere Autorität gewinnen...»

«Aber die Mafia existiert. Jedenfalls muß ich das aus gewissen Erscheinungen schließen, die ich beobachten konnte.»

«Sie machen mir Kummer, mein Sohn, Sie machen mir Kummer. Sie machen mir als Sizilianer Kummer und als dem vernunftbegabten Wesen, das zu sein ich behaupte... Was ich Unwürdiger repräsentiere, hat damit selbstredend nichts zu tun... Aber der Sizilianer, der ich bin, und das vernunftbegabte Wesen, das zu sein ich behaupte, empören sich bei dieser Ungerechtigkeit Sizilien gegenüber, bei dieser Beleidigung der Vernunft... Beachten Sie bitte, daß ich die Vernunft durchaus nicht überschätze... Sagen Sie doch selbst, ob das Bestehen einer so weitläufigen, gut organisierten, geheimen und mächtigen Verbrecherorganisation denkbar ist, die angeblich nicht nur halb Sizilien, sondern sogar die Vereinigten Staaten von Amerika beherrschen soll. Und das mit einem Oberhaupt, das hier in Sizilien sitzt, das die Journalisten aufsuchen und die Zeitungen dann in den düstersten Farben schildern. Der Ärmste... Kennen Sie ihn denn? Ich ja. Ein rechtschaffener Mann, ein beispielhafter Familienvater, ein unermüdlicher Arbeiter. Er hat sich bereichert, natürlich hat er sich bereichert. Aber durch Arbeit. Und mit Mori hat auch er seinen Kummer gehabt... Es gibt Leute, die werden respektiert, um ihrer Qualitäten willen, um ihrer Lebensart willen, um ihrer Kontaktfähigkeit willen. Weil sie fähig sind, sich Sympathien und Freundschaften zu erwerben. Und sofort erhebt sich, was Sie die öffentliche Meinung nennen. Ein Sturm der Verleumdung bricht los. Und es heißt: ‹Das sind Mafiaanführer...› Eines aber wissen Sie nicht. Diese Leute, die die öffentliche Meinung als Mafiaanführer bezeichnet, haben eine gute Eigenschaft, von der ich wünschte, man begegnete ihr bei allen Menschen, eine Eigenschaft, die genügte, um jeden Menschen im Angesichte Gottes zu erlösen. Sie besitzen Gerechtigkeitssinn... Und dieser Gerechtigkeitssinn verschafft ihnen Respekt...»

«Das ist es ja gerade. Für Gerechtigkeit zu sorgen ist Sache des Staates. Man kann nicht zulassen...»

«Ich spreche von Gerechtigkeitssinn und nicht von Rechtsprechung... Und dann will ich Ihnen etwas sagen. Wenn wir beide uns um ein Stück Land, um eine Erbschaft, um Schulden streiten und ein Dritter kommt und versöhnt uns, erledigt unseren Streitfall... In gewisser Hinsicht spricht er dann Recht. Aber wissen Sie, was aus uns beiden würde, wenn wir uns an *Ihre* Rechtsprechung hielten? Jahre würden vergehen, und vielleicht würde einer von uns oder alle beide vor Ungeduld oder vor Wut Gewalt anwenden... Alles in allem glaube ich nicht, daß ein Mann des Friedens, ein Mann, der Frieden stiftet, sich das Amt der Rechtsprechung anmaßt, das der Staat innehat, und das, um Himmels willen, Sache des Staates ist...»

«Wenn man die Dinge von dieser Warte aus betrachtet...»

«Und von welcher Warte aus wollen Sie sie denn betrachten? Etwa von der Warte Ihres Kollegen aus, der ein Buch über die Mafia geschrieben hat, ein Buch, das dermaßen zusammenphantasiert ist, wie ich es – lassen Sie mich das aussprechen – einem verantwortungsbewußten Menschen niemals zugetraut hätte...»

«Für mich ist die Lektüre dieses Buches sehr lehrreich gewesen...»

«Wenn Sie damit sagen wollen, Sie hätten daraus Neues erfahren, na schön. Aber ob die Dinge, von denen in dem Buch die Rede ist, auch wirklich existieren, ist eine andere Frage... Aber lassen Sie uns die Dinge doch einmal von einer anderen Warte aus betrachten. Hat je ein Prozeß stattgefunden, aus dem hervorgegangen wäre, daß eine Verbrecherorganisation existiert, die Mafia heißt und der man mit Sicherheit die Anstiftung zu einem Verbrechen und seine Ausführung zur Last legen könnte? Ist je ein Schriftstück, eine Zeugenaussage, irgendein Beweis entdeckt worden, der eine nicht zu bezweifelnde Beziehung zwischen einer Straftat und der sogenannten Mafia herstellte? Wenn eine solche Beziehung nicht besteht und wenn wir gleichwohl unterstellen, daß die Mafia existiert, dann muß ich Ihnen sagen: Sie ist eine Gesellschaft zwecks geheimen gegenseitigen Beistands, nicht mehr und nicht weniger als die Freimaurerei. Warum legen Sie gewisse Verbrechen nicht der Freimaurerei zur Last? Es gibt ebenso viele Beweise, daß die Freimaurerei Verbrechen begeht, wie es Beweise dafür gibt, daß die Mafia welche begeht...»

«Ich glaube...»

«Glauben Sie mir, lassen Sie sich doch von mir überzeugen. Denn bei dem, was ich Unwürdiger vertrete, weiß Gott, ob ich Sie überzeugen will und kann... Und ich sage Ihnen: Wenn Sie mit Ihrer Autorität Ihre – wie soll ich das nennen? – Aufmerksamkeit Personen zuwenden, die die öffentliche Meinung als Angehörige der Mafia bezeichnet, und zwar nur weil sie als Mafialeute gelten, ohne daß es konkrete Beweise für die Existenz der Mafia und für die Zugehörigkeit dieser Personen zu ihr gäbe, nun gut, dann betreiben Sie im Angesichte Gottes ungerechte Verfolgung... Und im Fall von Don Mariano Arena trifft das genau zu... Und von diesem Offizier, der ihn verhaftet hat, ohne sich das nur noch einmal durch den Kopf gehen zu lassen, mit einer – lassen Sie mich das aussprechen – der Carabinieri-Tradition unwürdigen Leichtfertigkeit, muß man in der Sprache Suetons sagen, daß er ne principum quidem virorum insectatione abstinuit... Was in die Alltagssprache übersetzt heißt, daß Don Mariano im ganzen Dorf beliebt und geachtet ist. Daß er mir besonders lieb ist, und bitte glauben Sie mir, daß ich mich darauf verstehe, die Leute auszusuchen, denen ich meine Sympathie schenke. Daß er dem Abgeordneten Livigni und dem Minister Mancuso außerordentlich lieb und wert ist...»

Die vierundzwanzig Stunden Polizeiarrest für Marchica, Arena und Pizzuco näherten sich ihrem Ende. Als Marchica Punkt neun Uhr an die Tür des Polizeigewahrsams klopfte, um seinen Rechten, über die er genau Bescheid wußte, Geltung zu verschaffen, teilte ihm der Wachtmeister mit, auf Anordnung des Staatsanwalts sei sein Arrest auf achtundvierzig Stunden verlängert worden. Beruhigt bezüglich der Form, gab Marchica auch in der Sache wieder Ruhe, insofern sie nämlich die Pritsche darstellte, auf der er sich, sogar mit einer gewissen Wollust, ausstreckte. Der Wachtmeister ging in seine Amtsstube zurück und wurde mit der Tatsache nicht fertig, daß Marchica Schlag neun Uhr gerufen hatte. Und doch hatte er keine Uhr, denn seine Armbanduhr lag, zusammen mit seiner Brieftasche, seiner Krawatte und seinen Schnürsenkeln in einer Schublade der Amtsstube.

Um zehn Uhr weckte der Wachtmeister Marchica und gab ihm seine Sachen zurück. Marchica glaubte, man sei im Begriff, ihn zu entlassen. Das Klümpchen Schlaf, Sorge und Unrasiertheit, zu dem sein Gesicht zusammengeschrumpft war, löste sich zu einem triumphierenden Lächeln auf. Aber vor dem Kasernentor stand ein Auto. Der Wachtmeister stieß ihn hinein. Dort saß schon ein Carabiniere, und ein weiterer Carabiniere stieg nach ihm ein. So sah Marchica sich zwischen zwei Carabinieri auf den hinteren Sitz eines Fiat 600 gezwängt. Er pochte auf die Straßenverkehrsordnung, und der Wachtmeister, der sich schon neben den Fahrer gesetzt hatte, war davon so überrascht, daß er freundlich, aber ausweichend antwortete: «Ihr seid doch alle drei so mager.»

Pizzuco und Arena saßen schon im Gewahrsam der Kompaniekommandantur in C. Denn der Hauptmann war der Meinung, wenn man sie einen Tag lang im Polizeigefängnis schmoren ließe, würde das Verhör, dem er sie unterziehen mußte, mehr Erfolg haben. Eine Nacht und ein Tag voller Unbequemlichkeiten, voller Unsicherheit würden auf die drei Männer ihre Wirkung tun. Er begann mit Marchica.

Die Kompaniekommandantur war in einem alten Kloster untergebracht. Ein rechtwinkliger Grundriß und in jedem Flügel zwei Zimmerreihen, die durch einen Flur getrennt wurden. Eine Reihe schaute mit ihren Fenstern auf den Hof, die andere auf die Straßen. An diesen recht wohlproportionierten Bau hatte die Regierung des Sizilianers Francesco Crispi und seines geplagtesten Ministeriums fürsorglich einen anderen unschönen, ungefügen Trakt angebaut, der in kleinerem Maßstab die Gestalt des größeren wiederholen sollte. Aber der Neubau war wie die Zeichnung ausgefallen, mit der ein Kind die Skizze eines Ingenieurs nachahmt. An die Stelle des Hofes war ein Lichtschacht getreten, und die beiden Bauten waren durch ein Treppengewirr und ein Labyrinth von Gängen verbunden, in denen man sich nur nach langer Übung zurechtfand. Immerhin hatte der Neubau den Vorteil, daß seine Räume größer waren als die im alten Trakt. Die im ersten Stock dienten als Amtsräume, die im zweiten als Wohnung für den Kommandanten.

Das Amtszimmer des Kommandanten hatte ein großes Fenster, das auf den Lichtschacht hinausging. Gegenüber lag, hinter einem entsprechenden Fenster, das Zimmer des Leutnants. Und zwischen beiden Fenstern war gerade so viel Raum, daß zwei Personen, die sich hinauslehnten, einander Papiere von einem Raum in den anderen reichen konnten.

Der Schreibtisch des Hauptmanns stand so, daß Marchica dem Fenster gegenüber saß und die Tür des Amtszimmers zu seiner Rechten war.

«Sie sind in B. geboren?» fragte der Hauptmann.

«Ja, Herr Hauptmann», antwortete Marchica in leidendem Ton.

«Und Sie sind immer in B. geblieben?»

«Nicht immer. Ich bin Soldat gewesen. Ich war ein paar Jahre im Gefängnis...»

«Sie kennen doch sicher viele Leute in B.?»

«Es ist mein Heimatdorf. Aber Sie wissen ja, wie das so geht. Einer ist ein paar Jahre lang fort, und die Buben sind junge Leute geworden, und die alten Leute noch älter... Und von den Frauen wollen wir schon gar nicht reden. Wenn man sie verläßt, spielen sie noch auf der Straße mit Murmeln. Und wenn man ein paar Jahre später zurückkehrt, hängen ihnen die Kinder am Rockzipfel. Und vielleicht sind sie sogar gewaltig auseinandergegangen...»

«Aber seine Altersgenossen, mit denen man immer im gleichen Viertel gewohnt und mit denen man als Kind gespielt hatte, die erkennt man doch rasch wieder, nicht?»

«Gewiß», sagte Marchica. Mehr als die Bedeutung der Fragen begann der gelassene Konversationston, den der Hauptmann anschlug, ihn zu beunruhigen.

Der Hauptmann schwieg einen Augenblick, als versinke er plötzlich in Gedanken. Marchica sah aus dem Fenster in das Amtszimmer gegenüber, das leer und hell erleutet war. Der Hauptmann hatte dafür gesorgt, daß in seinem Zimmer nur eine einzige Lampe brannte, die auf seinem Schreibtisch. Und er hatte sie so gedreht, daß ihr Licht auf das Nebentischchen fiel, wo der Unteroffizier schrieb. So konnte Marchica das andere Amtszimmer sehr deutlich sehen.

«Und zweifellos haben Sie einen gewissen Paolo Nicolosi gekannt.»

«Nein», sagte Marchica rasch.

«Ausgeschlossen», sagte der Hauptmann. «Vielleicht können Sie sich augenblicklich nicht an ihn erinnern. Schon weil Nicolosi seit vielen Jahren nicht mehr in B. wohnte. Aber ich will versuchen, Ihre Erinnerung aufzufrischen... Nicolosi wohnte in der Via Giusti, einer Querstraße der Via Monti, wo Sie, wenn ich mich nicht täusche, immer gewohnt haben... Sein Vater war ein Kleinbauer, ging aber dem Handwerk eines Okulierers nach. Das gleiche Handwerk übt auch der Sohn aus, der jetzt in S. wohnt, wohin er geheiratet hat..»

«Jetzt, wo Sie mir das erzählen, meine ich mich zu erinnern.»

«Das freut mich... Und es ist ja auch nicht schwer, sich an gewisse Dinge, gewisse Personen zu erinnern, besonders wenn sie zu einem glücklichen Lebensabschnitt gehören, zu unserer Kindheit...»

«Wir haben zusammen gespielt. Jetzt erinnere ich mich daran. Aber er war kleiner als ich. Und als ich zum erstenmal ins Gefängnis mußte, ungerechterweise, bei Gott im Sakrament, war er noch ein Kind. Seither habe ich ihn nicht mehr gesehen...»

«Und wie sieht er aus? Was hat er für ein Gesicht?»

«So groß wie ich, mit blondem Haar, hellblauen Augen...»

«Hat einen Schnurrbart», sagte der Hauptmann bestimmt.

«Hatte er früher», sagte Marchica.

«Früher als was?»

«Ehe er ihn... ehe er ihn abnahm.»

«Also haben Sie ihn gesehen, als er einen Schnurrbart trug, und dann, nachdem er ihn abgenommen hatte...»

«Vielleicht irre ich mich... Recht bedacht, bringe ich wirklich alles durcheinander.»

«Nein», beruhigte ihn der Hauptmann, «Sie erinnern sich genau. Ehe er heiratete, trug er einen Schnurrbart. Dann fort damit. Vielleicht hat er seiner Frau nicht gefallen... Sie haben ihn wahrscheinlich in B. getroffen. Ich weiß nicht, ob Nicolosi in der letzten Zeit, seit Sie durch die Amnestie wieder auf freiem Fuß sind, in B. gewesen ist. Möglich... Oder haben Sie ihn vielleicht in S. getroffen?»

«Ich bin seit Jahren nicht in S. gewesen.»

«Sonderbar», sagte der Hauptmann, als stiegen plötzlich Bedenken in ihm auf, «wirklich sonderbar. Denn ausgerechnet Nicolosi behauptet, daß er Sie in S. getroffen hat. Ich begreife nicht, aus welchem Grund er diesbezüglich lügen sollte...»

Marchica verstand nichts mehr. Der Hauptmann schaute ihn an und ahnte das Durcheinander in seinem Kopf. Auf und ab wie ein Hund in den Hundstagen. Ein ganzes Bündel von Möglichkeiten, Ungewißheiten, Vermutungen, die allenthalben auftauchten, wo er mit animalischem Spürsinn innehielt.

Mit einem Schlag tat sich die Tür des Zimmers auf. Instinktiv wandte Marchica sich um. Auf der Schwelle grüßte der Wachtmeister von S. und sagte: «Er ist soweit.» Hinter ihm stand ohne Hosen, mit wirrem

Haar und unrasiert, Pizzuco. Eine Geste des Hauptmanns veranlaßte den Wachtmeister, sich zurückzuziehen und die Tür rasch zu schließen. Marchica bekam vor Entsetzen keine Luft. Zweifellos war Pizzuco so lange verprügelt worden, bis er zu schwatzen begann. (In Wirklichkeit hatte man Pizzuco gerade in diesem Augenblick aus dem Schlaf gerissen, und sein Geist war von unruhigen Träumen zermartert, nicht sein Körper von Prügeln.) Im grellen Licht sah er Pizzuco, den Wachtmeister und einen Leutnant das Zimmer gegenüber betreten. Und kaum hatten sie sich gesetzt, stellte der Leutnant eine kurze Frage. Und Pizzuco begann zu reden und zu reden, und der Wachtmeister zu schreiben und zu schreiben. Der Leutnant hatte gefragt, was für ein Leben Pizzuco führe und mit welchen Mitteln er es bestreite. Und Pizzuco ergoß die erbauliche Geschichte seines ehrbaren, makellosen und arbeitsreichen Lebens in die flinke Feder des Wachtmeisters Ferlisi. Aber Marchica hörte in seinem Innern aus Pizzucos Munde eine Geschichte, die, wenn es gut ging, für siebenundzwanzig Jahre Haft, siebenundzwanzig lange Jahre im Ucciardone ausreichte, die nicht einmal Gott der Herr Diego Marchica vom Bukkel würde nehmen können.

«Aus welchem Grunde», fragte der Hauptmann, «sollte er diesbezüglich lügen? Ich sage das nicht Ihretwegen, sondern Nicolosis wegen. Warum sollte er so etwas zudem so Unwichtiges, so Törichtes behaupten?»

«Das kann er nicht», sagte Marchica entschieden.

«Und warum?»

«Weil... Weil er es nicht behaupten kann.»

«Vielleicht weil Sie, zu Recht und mit gutem Grund der Ansicht sind, daß Nicolosi tot ist...»

«Tot oder lebendig, das ist mir gleich.»

«Aber nein, Sie haben ja recht. Nicolosi ist tot.»
Marchica war sichtlich erleichtert. Und das war ein Zeichen dafür, daß für ihn ohne die Bestätigung des Hauptmanns noch ein gewisser Zweifel an Nicolosis Tod bestand. Nicht er hatte ihn also umgelegt. (Im anderen Zimmer schwatzte Pizzuco. «Du Scheißkerl, du Taugenichts, du Hurensohn. Vier übergezogen, und du spuckst alles aus. Aber das wirst du mir bezahlen. Unter meinen Händen oder unter denen von anderen wirst du mir das bezahlen...»)

«Ja», sagte der Hauptmann, «Nicolosi ist tot. Aber Sie wissen ja, daß die Toten manchmal sprechen.»

«Beim Tischrücken», sagte Marchica verächtlich.

«Nein, sie sprechen einfach dadurch, daß sie vor ihrem Tod etwas schreiben... Und Nicolosi hat, nach der Begegnung mit Ihnen, den guten Einfall gehabt, Ihren Namen und Spitznamen auf ein Stück Papier zu schreiben. Diego Marchica, genannt Zicchinetta. Er hat Ort und Stunde Ihrer Begegnung dazugeschrieben und die ohnehin naheliegende Überlegung, daß Colasbernas Tod mit Ihrer Anwesenheit in S. in Zusammenhang zu bringen sei... Ein Briefchen alles in allem, das in Anbetracht der Tatsache, daß Nicolosi tot ist, für die Richter größere Bedeutung haben wird als die Zeugenaussage, die Nicolosi zu Lebzeiten hätte machen können... Da haben Sie einen argen Fehler begangen. Dieses Briefchen hat Nicolosi seiner Frau hinterlassen. Und nur falls ihm etwas zustieße, sollte die Frau es uns übergeben. Hätte man ihn leben lassen, dessen bin ich sicher, hätte er nie eine Zeugenaussage gewagt. Und noch viel weniger eine Anzeige dessen, was er gesehen hatte. Ein schlimmer Fehler, ihn umzubringen...»

Im Amtszimmer gegenüber hatte Pizzuco seine Aussage beendet. Der Wachtmeister hatte die Blätter geordnet, war neben ihn getreten und hatte ihn, Seite um Seite, seine Gemeinheiten unterschreiben lassen. Dann war der Wachtmeister hinausgegangen und hatte einen Augenblick später das Amtszimmer des Hauptmanns betreten, um ihm die Blätter zu bringen. Marchica brach der Todesschweiß aus.

«Ich weiß nicht», sagte der Hauptmann, «was Sie von Rosario Pizzuco halten...»

«Ein ganz gemeiner Kerl», sagte Diego.

«Das hätte ich nie gedacht. Aber da sind wir einer Meinung. Denn soviel ich weiß, haltet ihr Sizilianer jemand für gemein, der die Gemeinheit begeht, Dinge zu enthüllen, die, obwohl sie ihre gesetzliche Strafe verdienen, niemals enthüllt werden dürfen... Wir sind der gleichen Meinung: Pizzuco hat eine Gemeinheit begangen... Wollen Sie hören?... Lies», sagte er zu dem Unteroffizier und reichte ihm die Blätter, die der Wachtmeister ihm gebracht hatte. Er zündete sich eine Zigarette an und betrachtete mit halb geschlossenen Augen unverwandt Diego Marchica, der schweißtriefend von stummer Wut geschüttelt wurde.

In dem falschen, sorgfältig vorbereiteten Protokoll hieß es, Rosario Pizzuco habe freiwillig gestanden (Die Prügel, dachte Diego, die Prügel), Marchica vor einiger Zeit begegnet zu sein und ihm anvertraut zu haben, daß er von Colasberna beleidigt worden sei. Marchica habe sich als Rachewerkzeug angeboten. Da er, Rosario Pizzuco, aber ein Mann von unerschütterlichen moralischen Grundsätzen sei, nicht zur Gewaltanwendung neige und allen Rachegefühlen abhold, habe er dieses Angebot abgelehnt. Marchica habe darauf bestanden, ja, er habe Pizzuco sein unwürdiges Verhalten Colasberna gegenüber vorgeworfen. Er habe hinzugefügt, da er persönliche Gründe zum Haß gegen Colasberna habe, der ihm Arbeit oder Geld verweigert habe, daran erinnerte sich Pizzuco nicht mehr genau, werde er Colasberna früher oder später heimtun. Das sollte heißen, er werde sein Leben auslöschen, so wie man eine Kerze auslöscht. Und zweifellos hatte er seinen Vorsatz ausgeführt. Als Pizzuco wenige Tage nach Colasbernas Ermordung wegen Grundstücksgeschäften in S. war, traf er zufällig Marchica, der ihm – ohne daß er ihn übrigens zu einer solchen Vertraulichkeit gedrängt hätte – die erschütternde Mitteilung von seinem Doppelmord machte: « *Partivu pi astutàrinni unu e mi tuccà astutàrinni du.* » Was in Marchicas Verbrechersprache unmißverständlich bedeutete, er habe zwei Morde begangen, einen an Colasberna und den anderen, so vermutete Pizzuco wenigstens, an Nicolosi, von dessen Verschwinden man in diesen Tagen sprach. Pizzuco war über diese gefährliche Enthüllung zutiefst erschrocken und kehrte fassungslos nach Hause zurück. Natürlich sprach er keiner Menschenseele davon. Denn bei Marchicas gewalttätiger Natur fürchtete er für sein eigenes Leben. Auf die Frage, warum Marchica ihn zum Mitwisser eines so gefährlichen Geheimnisses gemacht habe, hatte Pizzuco geantwortet, Marchica, der seit geraumer Zeit nicht mehr in der Gegend gewesen sei, habe vielleicht geglaubt, sich auf Grund gewisser Tatsachen in Pizzucos Vorleben, das nur scheinbar seinem eigenen glich, auf ihn verlassen zu dürfen. In der wirren Zeit der Separatistenbewegung hatten nämlich beide in dem Freiwilligenheer für Siziliens Unabhängigkeit gekämpft. Pizzuco freilich aus rein ideellen Gründen, Marchica zu verbrecherischen Zwecken. Auf die weitere Frage, ob man hinter Marchica die Verantwortlichkeit Dritter, das heißt von Anstiftern, vermuten müsse, hatte Pizzuco geantwortet, das wisse er nicht, aber persönlich neige er dazu, diese Vermutung auf das nachdrücklichste auszuschließen. Er sehe die Motive für das Verbrechen ausschließlich in Marchicas gewalttätiger Natur und in seinen unüberwindlichen verbrecherischen Neigungen, von denen er, sowohl was das Eigentum, als was das Leben anderer anging, jederzeit Beweise geliefert habe.

Das war eine meisterhafte Fälschung. Eine solche Aussage paßte zu Menschen wie Pizzuco und zu Pizzuco insbesondere. Dieses gefälschte Protokoll war aus der Zusammenarbeit von drei Wachtmeistern entstanden. Seine klügste Wendung stellte die letzte Behauptung dar, die Pizzuco unterstellt wurde: der vollständige Ausschluß der Möglichkeit, es könnten Auftraggeber existieren. Mariano Arenas Name in diesem gefälschten Protokoll wäre ein nicht wiedergutzumachender Fehltritt gewesen. Ein falscher Ton, ein unwahrscheinliches Detail. Und das Mißtrauen, das es in Marchica geweckt hätte, hätte das ganze Lügengebäude zu Fall gebracht. Aber die sorgfältige Technik, jede Schuld nach unten, das heißt auf Marchica, abzuwälzen, die eigene Schuld entschieden abzuleugnen und den Verdacht, es könne Anstifter geben, zurückzuweisen, erfüllte Marchica mit der qualvollen Gewißheit von der Echtheit dieses Schriftstücks. Ja, er zweifelte nicht einen Augenblick daran. Denn die Stimme des Unteroffiziers, der es verlas, erschien ihm als klingende Säule der stummen Anschauung, die ihm vor dem Fenster zuteil geworden war.

Fassungslos, in blinder Wut – wäre ihm Pizzuco jetzt unter die Hände gekommen, so hätte er sein ruchloses Leben auf der Stelle ausgelöscht –, sagte er nach langem Schweigen, wenn die Dinge so stünden, dann bleibe ihm nichts übrig, als zu tun, was Samson getan habe. *« Mori Sansuni »*, sagte er, *« cu tuttu la cumpagnuni. »* Samson starb mit allen seinen Gesellen. Und das heiße natürlich, die Dinge richtigzustellen, die dieser Schweinehund auf seine Art erzählt habe.

Ja, eine Begegnung, die erste Begegnung mit Pizzuco nach langen Jahren, hatte stattgefunden. Und zwar in B., in den ersten Dezembertagen des vergangenen Jahres. Pizzuco hatte ihm vorgeschlagen, Colasberna umzulegen, der ihn, wie er sagte, tief beleidigt habe. Dreihunderttausend Lire Belohnung. Da Marchica wenige Monate zuvor aus dem Gefängnis entlassen worden war und sein bißchen Freiheit und Ruhe genießen wollte, sagte er, er habe keine Lust dazu. Da er sich aber in einer Notlage befand und Pizzuco immer wieder auf die Sache zurückkam und dabei die Möglichkeit einer sofortigen Anzahlung vor ihm aufblitzen ließ und ihm die Restzahlung gleich nach vollbrachter Tat und obendrein eine Feldhüterstelle versprach, gab Marchica schließlich nach. Nur weil er sich, darauf mußte er noch einmal hinweisen, in einer Notlage befand. Denn eine Notlage ist schlimm. So wurden denn die Einzelheiten für die Ausführung des Verbrechens mit Pizzuco abgesprochen. Dabei verpflichtete sich Pizzuco insofern zur Beihilfe, als er die Waffe in einem ihm gehörigen Landhaus bereitlegen wollte. Marchica sollte sich dort in der Nacht vor dem Verbrechen einfinden. Von diesem nicht weit vom Dorf gelegenen Landhaus sollte er sich zur Abfahrtszeit des ersten Autobusses nach Palermo auf einem vorher verabredeten Weg an die Ecke der Via Cavour begeben, da Colasberna jeden Samstag mit diesem Autobus nach Palermo zu fahren pflegte. Sofort nach dem Schuß sollte er dann schleunigst durch die Via Cavour flüchten und in das Landhaus zurückkehren, wo Pizzuco ihn abholen würde, um ihn im Auto nach B. zu bringen.

Ein paar Tage vor dem Verbrechen ging Marchica nach S., um den zukünftigen Tatort in Augenschein zu nehmen und in der Lage zu sein, Colasberna unter Ausschluß aller Irrtümer zu identifizieren. Bei dieser Gelegenheit setzte Pizzuco das Datum für den Mord fest. Am 16. Januar, um sechs Uhr dreißig, ermordete Marchica, der dem von Pizzuco ausgearbeiteten Plan in allen Einzelheiten folgte, Salvatore Colasberna. Daß Marchica aber auf seiner Flucht durch die Via Cavour seinem Mitbürger Paolo Nicolosi begegnete, stellte eine Panne dar. Denn Nicolosi erkannte ihn einwandfrei, ja, er rief ihn sogar bei seinem Namen. Das beunruhigte ihn, und er teilte seine Bedenken Pizzuco mit, als der sofort darauf in das Landhaus kam. Pizzuco regte sich auf und fluchte. Dann beruhigte er sich und sagte: «Mach dir keine Sorgen, laß das unsere Sache sein.» In einem Lieferwagen, der ihm gehörte, brachte Pizzuco ihn bis in die Flur Granci, nicht ganz einen Kilometer von B. entfernt. Aber vorher händigte er ihm zur Begleichung seiner Schuld nochmals hundertfünfzigtausend Lire aus, die zusammen mit der Anzahlung die abgesprochenen dreihunderttausend Lire ausmachten. Als Pizzuco ein paar Tage später nach B. kam, erfuhr Marchica, daß er sich Nicolosis wegen keinerlei Sorgen mehr machen müsse. Der tauge, so hatte Pizzuco sich wörtlich ausgedrückt, nur noch dazu, den Kindern Zuckerpuppen zu bringen. Damit spielte er auf die örtliche Sitte einer Art Weihnachtsbescherung für die Kinder an Allerseelen an, bei der sie eben Zuckerpuppen geschenkt bekamen. Diese Äußerung Pizzucos gab Marchica die Gewißheit, daß Paolo Nicolosi beseitigt worden war. Auf die Frage, ob Pizzuco ihn im Auftrag Dritter zu dem Mord an Colasberna angestiftet habe, sagt Marchica, das wisse er nicht. Aber seiner Meinung nach sei das auszuschließen. Auf die Frage, ob Pizzucos Ausspruch, «Mach dir keine Sorgen, und laß das unsere Sache sein», nicht auf die Teilnahme und Beihilfe anderer, Marchica unbekannter Spießgesellen Pizzucos schließen lasse, sagt Marchica, das halte er für ausgeschlossen. Ja, er behauptet, er könne es nicht auf sein Gewissen nehmen, ob Pizzuco gesagt habe: «Laß das unsere Sache sein.» Oder Vielleicht: «Laß das meine Sache sein.» Auf die Frage, ob er wisse oder vermute, wie und wo Nicolosi beseitigt worden sei, sagte er, davon wisse er nichts.

Während er sprach, fand Diego sein Gleichgewicht wieder. Er nickte befriedigt zu der Verlesung seines Geständnisses durch den Hauptmann und unterschrieb ebenso befriedigt. Nachdem er die Angelegenheit zu Lasten von diesem Aas, dem Pizzuco, und zu seinen eigenen Lasten in Ordnung gebracht und die schöne Sitte beobachtet hatte, andere, die keine Äser waren, nicht in die Sache hineinzuziehen, war er mit seinem Gewissen im reinen und fand sich mit seinem Schicksal ab. Vielleicht würde er den Rest seines Lebens im Gefängnis verbringen. Aber abgesehen von der Tatsache, daß er daran längst gewöhnt war und das Gefängnis für ihn ein bißchen das Zuhause darstellte, in das man nach den Anstrengungen einer Reise gern zurückkehrt, war etwa das Leben selbst nicht auch ein Gefängnis? Eine ständige Drangsal war das Leben. Das Geld, das dir fehlt, die Zecchinetta-Karten, die dich locken, das Auge des Wachtmeisters, das dir folgt, die guten Ratschläge der Leute. Und die Arbeit, der Fluch eines Arbeitstages, der dich tiefer erniedrigt als einen Esel. Schluß damit. Jetzt galt es, die Angelegenheit zu überschlafen. Und wahrhaftig begann der Schlaf, düster und ungestalt, alle seine Gedanken wieder zu überwältigen. Der Hauptmann schickte ihn schlafen, in Einzelhaft. Und so schob er die freudige Begrüßung, die Diego bei den anderen Häftlingen erwartete, bis nach dem Abschluß der Ermittlungen hinaus.

Jetzt kam Pizzuco an die Reihe. Es war schon tiefe Nacht. Unter anderen Umständen hätte Pizzuco einem leid getan. Steif vor Kälte und Arthritis, mit Nase und Augen, die von einem plötzlich aufgetretenen Schnupfen troffen, fassungslos über das, was ihm zustieß. Seine tränenden Augen irrten mit dem Blick eines Tauben hin und her. Und er öffnete und schloß seinen Mund, als finde er keine Worte.

Der Hauptmann ließ ihm vom Unteroffizier Marchicas Geständnis vorlesen. Pizzuco schwor auf das heilige Altarsakrament, vor Jesus dem Gekreuzigten, bei der Seele seiner Mutter, seiner Frau, seines Sohnes Giuseppe, schwor, daß das von Marchica eine schwarze Gemeinheit war. Und auf Marchicas Familie rief er bis ins siebente Glied die gerechte Rache des Himmels herab. Außer seinen schon erwähnten Toten betete dort die Seele eines Onkels Kanonikus für ihn, der [und das mußte hier ausgesprochen werden] im Geruch der Heiligkeit gestorben war. Trotz seiner Erkältung und seiner Angst war Pizzuco ein außerordentlicher Redner. Seine Rede war mit Bildern, Symbolen und Hyperbeln gespickt. In einem Sizilianisch, das teils höchst wirkungsvoll italianisiert, teils unverständlicher als der reine Dialekt war. Der Hauptmann ließ ihn ein Weilchen reden.

«Also», sagte er dann kühl, «Sie kennen Marchica gar nicht.» Denn das schien er mit seiner langen Rede behaupten zu wollen.

«Kennen, Herr Hauptmann, kennen tu ich ihn schon. Und vielleicht wäre es besser gewesen, sie hätten mich umgelegt, ehe ich ihn kennenlernte... Ich kenne ihn, und ich weiß, was er taugt... Aber daß zwischen ihm und mir je so enge Beziehungen bestanden haben sollten, und dann auch noch um, Gott beschütze mich, einem Christen das Leben zu nehmen... Niemals, Herr Hauptmann, niemals. Für Rosario Pizzuco thront das Menschenleben, jedes Menschenleben, gleichsam auf dem Hochaltar einer Kirche. Es ist heilig, Herr Hauptmann, heilig...»

«Sie kennen Marchica also.»

«Ja, ich kenne ihn. Wie könnte ich nein sagen? Ich

kenne ihn, aber es ist, als ob ich ihn nicht kennte. Ich weiß, wie der gemacht ist. Und bin ihm immer aus dem Wege gegangen.»

«Und wie erklären Sie sich sein Geständnis?»

«Ja, wie soll man sich das erklären? Vielleicht hat er den Verstand verloren. Vielleicht hat er sich in den Kopf gesetzt, mich zu ruinieren... Und wer schaut in einen Kopf wie den seinen hinein?... Sein Kopf ist wie ein bitterer Granatapfel. Jeder seiner Gedanken ist ein Korn Bosheit, von dem einer wie ich vor Schrekken stumpfe Zähne bekommt... Der ist fähig, einen umzulegen, weil er ihn nicht gegrüßt hat oder weil ihm sein Lachen nicht gefällt... Der geborene Verbrecher...»

«Sie kennen seinen Charakter ja ausgezeichnet.»

«Und wie sollte ich nicht? Wo er mir doch dauernd vor die Füße gekommen ist...»

«Und ist er Ihnen in letzter Zeit auch manchmal vor die Füße gekommen? Versuchen Sie, sich zu erinnern.»

«Wollen mal sehen... Kaum war er aus dem Zuchthaus raus, bin ich ihm begegnet, das war das erstemal... Dann bin ich ihm in B., seinem Heimatdorf, begegnet, und das war das zweitemal... Dann ist er nach S. gekommen, und das ist das dritte... Dreimal, Herr Hauptmann, dreimal.»

«Und worüber haben Sie gesprochen?»

«Über nichts, Herr Hauptmann, über gar nichts. Unnützes Zeug, das man gleich wieder vergißt, als schriebe man auf eine Wasserlache... Man gibt seiner Freude darüber Ausdruck, daß er wieder auf freiem Fuß ist, und denkt dabei, daß die Amnestien wirklich vergeudet werden. Man wünscht ihm Glück, daß er sich wieder auf freiem Fuß befindet, und man denkt: Wenig Zeit wird vergehen, und er sitzt wieder im Kittchen. Und dann spricht man über die Ernte, das Wetter, wie's den Freunden geht... Unnützes Zeug...»

«Ihrer Meinung nach stimmt, was Ihre Person angeht, nichts an Marchicas Aussage... Aber lassen wir Marchica mal für einen Augenblick beiseite. Wir wissen vollkommen sicher, daß Sie vor drei Monaten – und wenn Sie wollen, kann ich Ihnen das genaue Datum nennen – eine Unterredung mit Salvatore Colasberna gehabt haben. Und Sie haben ihm Vorschläge unterbreitet, die Colasberna abgelehnt hat, hinsichtlich...»

«Ratschläge, Herr Hauptmann, Ratschläge. Uneigennützige Ratschläge als guter Freund...»

«Wenn Sie in der Lage sind, Ratschläge zu erteilen, dann heißt das, daß Sie gut Bescheid wissen...»

«Gut Bescheid?... Dinge, die man da und dort gehört hat. Durch meine Arbeit bin ich ständig unterwegs. Ich höre heute dies und morgen das...»

«Und was hatten Sie gehört, daß Sie es für nötig hielten, Colasberna Ratschläge zu erteilen?»

«Ich hatte gehört, daß es um seine Angelegenheiten schlecht stand. Und ich habe ihm geraten, Protektion und Hilfe zu suchen...»

«Bei wem?»

«Ich weiß nicht... Bei Freunden, bei Banken. Er sollte den richtigen Weg in die Politik finden...»

«Und was ist Ihrer Meinung nach der richtige Weg in der Politik?»

«Ich würde sagen, der der Regierung. Wer befiehlt, macht das Gesetz. Und wer seinen Vorteil aus dem

Gesetz ziehen will, muß auf der Seite der Regierenden stehen.»

«Abschließend: Sie haben Colasberna also keine genauen Ratschläge gegeben.»

«Nein, Herr Hauptmann.»

«Sie gaben ihm also nur einen Rat, sagen wir mal, allgemeiner Natur. Und nur aus Freundschaft.»

«Ganz recht.»

«Aber Sie waren doch gar nicht so sehr mit Colasberna befreundet.»

«Wir kannten uns...»

«Und Sie machen sich also die Mühe, jemand, den Sie kaum kennen, Ratschläge zu erteilen?»

«So bin ich nun mal. Wenn ich sehe, daß einem der Fuß strauchelt, bin ich zur Stelle, um ihm die Hand zu reichen.»

«Haben Sie jemals Paolo Nicolosi eine Hand gereicht?»

«Und was hat das damit zu tun?»

«Nachdem Sie Colasberna eine Hand gereicht hatten, lag es doch nahe, daß Sie auch Paolo Nicolosi eine Hand reichten.»

Auf dem Tisch läutete das Telefon. Der Hauptmann lauschte auf das, was ihm mitgeteilt wurde, und beobachtete zugleich Pizzucos Gesicht, das jetzt ruhiger und sicherer aussah und sogar nicht mehr vor Schnupfen troff wie bei seinem Eintreten.

Er legte den Hörer auf und sagte: «Jetzt können wir noch einmal von vorne anfangen.»

«Von vorne anfangen?» fragte Pizzuco.

«Ja. Denn aus diesem Anruf aus S. habe ich erfahren, daß man die Waffe gefunden hat, mit der Colasberna umgebracht worden ist. Wollen Sie wissen, wo man sie gefunden hat? . . . Nein, denken Sie nicht schlecht von Ihrem Schwager. Er war gerade dabei, den Befehl auszuführen, den Sie ihm gegeben haben, als die Carabinieri kamen, um Sie abzuführen. Heute abend, zu später Stunde, ist er aufs Land gegangen. Er hat die Schrotflinte genommen und wollte gerade hinaus, um sich ihrer zu entledigen, als die Carabinieri eintrafen . . . Ein unglücklicher Zufall . . . Ihr Schwager, Sie kennen ihn ja, hat sich verlorengegeben. Er hat gesagt, er habe diesen Auftrag von Ihnen bekommen und habe das Gewehr Ihren Instruktionen gemäß im Chiarchiaro in der Flur Gràmoli verstecken wollen . . .» Und den Unteroffizier fragte er: «Was ist das Chiarchiaro?»

«Eine Steinwüste», sagte der Unteroffizier, «voller Höhlen, Löcher, verborgener Winkel.»

«Das habe ich geahnt», sagte der Hauptmann. «Und jetzt kommt mir ein Gedanke. Vielleicht ist er gut, vielleicht auch nicht. Aber der Versuch kann nichts schaden . . . Wie, wenn im Chiarchiaro auch Nicolosis Leichnam läge? . . . Was sagen Sie zu meinem Einfall?» wandte er sich mit kühlem Lächeln an Pizzuco.

«Möglicherweise eine gute Idee», sagte Pizzuco ungerührt.

«Wenn Sie sie gutheißen, beruhigt mich das», sagte der Hauptmann und rief den Carabinieriposten in S. an, um Nachsuchungen im Chiarchiaro von Gràmoli anzuordnen.

Während des Telefongesprächs hatte Pizzuco sich sofort den Plan zurechtgelegt, dem er jetzt zweckmäßigerweise folgen würde. Der Hauptmann hatte gesagt: «Jetzt können Sie Marchicas Marschroute einschlagen und gestehen, daß Sie ihn beauftragt haben, Colasberna umzubringen. Und gestehen, daß Sie selbst Nicolosi umgebracht haben.» Aber Pizzuco hatte sich schon für eine andere Marschroute entschieden. Sonderbarerweise stimmte sie mit dem falschen Protokoll überein, das Marchicas Geständnis hervorgelockt hatte. Nur in einem Punkt wich sie davon ab.

Die Wachtmeister, die das gefälschte Protokoll vorbereitet hatten, hatten wirklich was los. In der Psychologie eines Mannes wie Pizzuco kannten sie sich mit wissenschaftlicher Genauigkeit aus. Und so durfte man sich nicht darüber wundern, daß Diego darauf hereingefallen war wie ein Kapaun in die Pfanne.

Tatsächlich behauptete Pizzuco, er habe vor ungefähr drei Monaten Colasberna getroffen. Obwohl sie gar nicht so sehr befreundet seien, habe er ihm einige freundschaftliche Ratschläge für sein Verhalten als Bauunternehmer gegeben. Aber anstatt sich zu bedanken, wie Pizzuco erwartete, hatte Colasberna ihn mit nicht wiederzugebenden Ausdrücken aufgefordert, sich nicht in Dinge einzumischen, die ihn nichts angingen. Und Pizzuco konnte – so drückte er sich aus – dem Herrgott noch danken, wenn es Colasberna nicht so weit kommen ließ, daß er, Pizzuco, alle seine Zähne vom Boden auflesen mußte. Mit anderen Worten: Er mußte froh sein, daß Colasberna ihm nicht die Zähne einschlug. Diese Reaktion Colasbernas hatte Pizzuco, der zart besaitet war und nur durch seine unverbesserliche Gutmütigkeit hin und wieder in bedauerliche Situationen geriet, schmerzlich gekränkt. Und als er darüber gelegentlich mit Marchica sprach, hatte dieser sich erboten, Pizzuco, auch ohne jegliches Entgelt, zu rächen. Denn er hatte seine eigenen Gründe zum Haß gegen Colasberna. Pizzuco war über diesen Vorschlag entsetzt und lehnte entschieden ab. Aber ein paar Tage später kam Marchica nach S. und bat ihn, in dem in der Flur Poggio nahe bei S. gelegenen Landhaus, das Pizzucos Frau gehörte, wohnen zu dürfen. Nur für eine Nacht, da er wichtige Geschäfte in S. zu erledigen habe und es in diesem Dorf ja bekanntlich keine Gasthöfe gebe. Zudem habe Marchica ihn gebeten, ihm ein Gewehr zu leihen. Er habe die Absicht, in den frühen Morgenstunden einen kleinen Jagdausflug in die Gegend zu machen, von der man ihm erzählt habe, es gebe dort viele Hasen. Als er ihm den Schlüssel zu dem Landhaus aushändigte, hatte Pizzuco ihm gesagt, er finde dort ein altes, ein sehr altes Gewehr. Nicht eigentlich ein Jagdgewehr, aber zu brauchen sei es. Von vertrauensseliger Natur und immer geneigt, jedermann einen Gefallen zu tun, habe er von Marchicas verbrecherischen Absichten nichts geahnt, und nicht einmal, als er von Colasbernas Tode hörte, sei ihm ein Verdacht gekommen. Erst als die Carabinieri in seinem Haus erschienen seien, um ihn zu verhaften, wurde ihm die schreckliche Geschichte klar, in die ihn Marchica, unter Ausnutzung seiner Gutgläubigkeit, hineingeritten hatte. Und deshalb hatte er seinem Schwager Anweisung gegeben, das Gewehr verschwinden zu lassen, dessen sich, das war jetzt klar, Marchica ohne seine Erlaubnis bedient hatte. Das hatte er für das Schlaueste gehalten. Denn in Anbetracht von Marchicas rachsüchtiger Natur konnte er von sich aus der Polizeibehörde den Sachverhalt nicht darlegen, dem er zum Opfer gefallen war.

«O Exzellenz», sagte Seine Exzellenz, und den Satz, mit dem er aus dem Bett sprang, hätte man ihm bei seinem Alter und seiner Würde nicht zugetraut.

In lästigen Wellen war das Läuten des Telefons dem Schlafenden ins Bewußtsein gedrungen. Und mit dem Gefühl, seine Hand sei dabei unermeßlich weit von seinem Körper entfernt, hatte er den Hörer abgehoben. Und während ferne Schwingungen und Stimmen an sein Ohr schlugen, hatte er das Licht angeknipst und damit endgültig seine Frau aus dem Schlaf geweckt, der ihren unruhigen Körper ohnehin nur selten heimsuchte. Plötzlich gerannen die fernen Schwingungen und Stimmen zu einer ebenfalls fernen, aber verärgerten und strengen Stimme. Und seine Exzellenz fand sich im Schlafanzug und barfuß dienernd und lächelnd außerhalb des Bettes, als könnten seine Verbeugungen und sein Lächeln in die Sprechmuschel träufeln.

Seine Frau schaute ihn angeekelt an. Und ehe sie ihm den Rücken – einen nackten, herrlichen Rücken – kehrte, murmelte sie: «Er sieht dich nicht. Du kannst dir das Geschwänzel sparen.» Tatsächlich fehlte Seiner Exzellenz in diesem Augenblick nur noch ein Hundeschwanz, um seine Ergebenheit vollkommen auszudrücken.

Er sagte noch einmal: «O Exzellenz», und dann «Aber, Exzellenz ... Ja, Exzellenz ... Ganz recht, Exzellenz.» Und nachdem er hundertmal Exzellenz gesagt hatte, blieb er mit dem Hörer in der Hand stehen und murmelte, was er von der Mutter Seiner Exzellenz halte, der soeben, um zwei Uhr morgens aus Rom Verwirrung (er schaute seine Frau an, die ihm noch immer den Rücken kehrte) in sein ohnehin schon reichlich verwirrtes Leben gebracht hatte. Er legte den

Hörer auf, hob ihn wieder ab und wählte eine Nummer. Seine Frau drehte sich wie eine Katze um und sagte: «Morgen schlafe ich im Gastzimmer.»

«Es tut mir leid, lieber Freund, aber ich bin soeben geweckt worden», sagte er mit einer Stimme, die ebenso verärgert und streng klang wie jene, die wenige Minuten zuvor an sein Ohr gedrungen war. «Also machen wir eine Schneeballaktion. Ich wach, Sie wach. Und Sie tun mir freundlichst den Gefallen und wecken, wen Sie wecken müssen... Ich bin eben aus Rom angerufen worden. Ich sage nicht von wem. Sie verstehen... Dieser Bellodi – ich hatte das schon vorausgesehen, erinnern Sie sich? – hat einen Skandal von nationalen Ausmaßen entfesselt... Nationalen, sage ich... Einen von jenen Skandalen, die zur Katastrophe werden, wenn einer wie ich oder Sie gegen seinen Willen darin verwickelt wird. Zu einer furchtbaren Katastrophe, lieber Freund... Wissen Sie, was heute abend in einer römischen Zeitung gestanden hat?... Sie wissen das nicht? Sie Glücklicher! Denn ich habe es von dem Betroffenen zu hören bekommen, der, das kann ich Ihnen versichern, furchtbar getobt hat... Da war, über eine halbe Seite weg, eine Fotografie von... Sie verstehen schon von wem... neben Don Mariano Arena... Eine unglaubliche Geschichte... Eine Fotomontage? Was heißt hier Fotomontage? Eine authentische Fotografie!... Na schön, das ist Ihnen ganz gleichgültig... Sie sind ja wirklich einzigartig... Ja, das weiß ich natürlich auch, daß uns keine Schuld trifft, wenn Seine Exzellenz so – sagen wir mal – so naiv gewesen ist, sich zusammen mit Don Mariano fotografieren zu lassen... Ja, ich höre...»

Seine Frau fuhr nackt und in ihrer ganzen Schönheit aus dem Bett. Wie eine berühmte Schauspielerin pflegte sie im Bett nur Chanel No. 5 zu tragen, was die Sinne seiner Exzellenz aufstacheln und sein bürokratisches Genie einschläfern sollte, das in den Tagen der Republik von Saló sein Bestes gegeben hatte. Nur in eine Daunendecke und ihre Entrüstung gehüllt, verließ die Dame das Zimmer. Der ängstliche Blick Seiner Exzellenz folgte ihr.

«Ausgezeichnet», fuhr Seine Exzellenz fort, nachdem er ein paar Minuten zugehört hatte. «Machen wir es doch so: Entweder nageln Sie mir noch heute nacht diesen Don Mariano auf Beweise fest, die nicht einmal der Herrgott im Himmel erschüttern kann. Oder Sie schmeißen ihn noch heute nacht raus und sagen den Journalisten, er sei nur zur Vernehmung festgehalten worden... Der Staatsanwalt verfolgt die Ermittlungen und steckt mit Bellodi unter einer Decke? O weh, o weh. Das sind ja Verwicklungen. Das sind gräßliche Geschichten... Tun Sie halt was... Ja, ja. Ich bin mir darüber klar... Aber wissen Sie, was er mir gerade gesagt hat? Sie verstehen doch, wer?... Wissen Sie, was er mir gesagt hat? Daß Don Mariano Arena ein Ehrenmann ist und daß jemand hier, entweder Sie oder ich, den Kommunisten in die Hände spielt... Aber wie ist dieser Bellodi bloß hier hereingeschneit? Weshalb, zum Teufel, wird so ein Kerl in eine Gegend wie die hier geschickt? Hier ist Diskretion nötig, lieber Freund. Eine feine Nase, Gemütsruhe, Gelassenheit, das braucht man hier... Und statt dessen schickt man uns einen Schwätzer... Aber, um Himmels willen, das bezweifle ich ja nicht... Ich habe allen Respekt vor den Carabinieri, ich schwärme für sie... Schön, machen Sie, was Sie wollen.» Und er warf den Hörer wie mit einem Hammerschlag auf die Gabel. Jetzt stand er vor dem Problem, seine Frau zu beschwichtigen. Ein Problem, dessen Lösung an Schwierigkeit die schon reichlich komplizierten Probleme in seinem Amt noch übertraf.

Morgenlicht überflutete das Land. Es schien aus dem zarten Grün der Saaten aufzusteigen, aus den Felsen und taufeuchten Bäumen, und kaum merklich zum blinden Himmel emporzuschweben. Das Chiarchiaro von Gràmoli, ein absurder Fremdkörper in der grünenden Ebene, sah aus wie ein riesiger Schwamm mit schwarzen Löchern, der sich mit dem zunehmenden Licht über dem Land vollsaugte. Der Hauptmann Bellodi war an dem Punkt, wo Müdigkeit und Schlaftrunkenheit, als verzehrten sie sich selbst, zu einem hellsichtigen Fieber werden, gleichsam zu einem Spiegel glühender Visionen. (Und ebenso verhält es sich mit dem Hunger, der an einem gewissen Punkt, bei einer gewissen Stärke, sich in eine klarsichtige Leere verwandelt, die vor dem Anblick jeglicher Speise zurückscheut.) Der Hauptmann dachte: Gott hat diesen Schwamm hierher geworfen. Denn der Anblick des Chiarchiaro schien ihm dem Kampf und der Niederlage Gottes im menschlichen Herzen zu entsprechen. Halb im Scherz, und weil er wußte, daß den Hauptmann gewisse volkstümliche Redewendungen interessierten, sagte der Unteroffizier:

E lu cuccu ci dissi a li cuccuotti
a lu chiarchiaru nni vidiemmu tutti.

Tatsächlich erregte das sofort die Neugierde des

Hauptmanns, der ihn nach der Bedeutung des Sprichwortes fragte.

Der Unteroffizier übersetzte: «Und der Kuckuck sagte zu seinen Jungen: Im Chiarchiaro treffen wir uns alle wieder.» Und er fuhr fort, das solle vielleicht heißen, daß der Tod uns alle wieder vereinigt. Denn das Chiarchiaro gelte, wer weiß warum, als ein Bild des Todes. Der Hauptmann verstand sehr wohl warum. Und wie in einer Fiebervision sah er eine Versammlung zahlloser Nachtvögel im Chiarchiaro vor sich, die im trüben Morgenlicht blindlings mit den Flügeln schlugen. Und es kam ihm so vor, als könne man die Bedeutung des Todes durch kein schrecklicheres Bild ausdrücken.

Sie hatten das Auto auf der Straße stehen lassen und gingen jetzt auf einem schmalen, schmutzigen Pfad auf das Chiarchiaro zu. Dort sah man die Carabinieri herumlaufen. Auch ein paar Bauern mochten dabei sein, die halfen. Schließlich endete der Pfad bei einem Hof. Man mußte nun über die frischbestellten Felder gehen, um dorthin zu kommen, wo der Wachtmeister von S. – man konnte ihn jetzt gut erkennen – mit großen Gesten die Suchaktion leitete.

Als sie auf Hörweite herangekommen waren, schrie der Wachtmeister: «Herr Hauptmann, wir haben ihn. Ihn raufzuholen, wird ein bißchen schwierig sein. Aber jedenfalls haben wir ihn.» Und sein Jubel bei der Auffindung eines Leichnams wirkte ein bißchen unangemessen. Aber so ist dieses Handwerk. Und in diesem Fall war die Auffindung des Ermordeten eine Genugtuung und ein Triumph. Dort lag er, auf dem Grund eines neun Meter tiefen Erdspalts. Sie hatten diesen Spalt schon mit einer Schnur ausgelotet, an deren Ende sie einen Stein gebunden hatten. Das Licht der Taschenlampen, dem die Sträucher an den Wänden des Spalts im Wege standen, drang kaum bis zum Grund vor. Aber unzweideutig stieg der Geruch von Verwesung daraus auf. Zur großen Erleichterung der Carabinieri, die befürchteten, einer der ihren werde da hinunter müssen, hatte sich ein Bauer erboten, durch ein Seil gesichert, hinabzusteigen und den Leichnam so an mehrere Seilenden zu binden, daß man ihn verhältnismäßig bequem hochziehen konnte. Dazu waren aber viele Seile notwendig. Und man wartete jetzt darauf, daß ein Carabiniere sie aus dem Dorf brächte.

Der Hauptmann ging über das bestellte Feld zu dem Bauernhof zurück, wo der Pfad begann. Das Haus sah wie verlassen aus. Aber als er um es herum auf die dem Chiarchiaro abgewandte Seite ging, sprang plötzlich ein Hund so weit auf ihn zu, wie eine Kette, mit der er an einen Baum gebunden war, es zuließ. So als sei er an seinem Halsband aufgehängt, das ihn zu ersticken drohte, bellte er wütend. Es war ein hübscher Bastard mit braunem Fell und mit kleinen violetten Halbmonden in den gelben Augen. Ein alter Mann kam aus dem Stall, um ihn zu beschwichtigen: «Still, Barrugieddu, still. Brav sein, ganz brav.» Dann sagte er zum Hauptmann: «Küß die Hand.»

Der Hauptmann ging auf den Hund zu, um ihn zu streicheln.

«Nein», sagte der Alte erschrocken, «der ist böse. Jemand, den er nicht kennt, von dem läßt er sich vielleicht erst anfassen, läßt ihn sicher werden, und dann beißt er zu... Er ist böse wie der Teufel.»

«Und wie heißt er?» fragte der Hauptmann, neugierig

auf den sonderbaren Namen, den der Alte ausgesprochen hatte, um den Hund zu beschwichtigen.

«Barrugieddu heißt er», sagte der Alte.

«Und was bedeutet das?» fragte der Hauptmann.

«Das bedeutet einen, der böse ist», sagte der Alte.

«Nie gehört», sagte der Unteroffizier. Und im Dialekt erbat er von dem Alten weitere Auskünfte. Der Alte sagte, vielleicht sei der richtige Name Barricieddu oder vielleicht Bargieddu. Jedenfalls bedeute er Bosheit, die Bosheit eines, der befehle. Denn einstmals befahlen die Barrugieddi oder Bargieddi in den Dörfern und brachten aus schierer Bosheit die Leute an den Galgen.

«Ich verstehe», sagte der Hauptmann, «das heißt Bargello, Anführer der Sbirren.»

Verlegen sagte der Alte weder ja noch nein.

Der Hauptmann hätte den Alten gern gefragt, ob er vor einigen Tagen jemanden zum Chiarchiaro habe gehen sehen. Oder ob er sonst was Verdächtiges in der Gegend beobachtet habe. Aber er begriff, daß aus jemandem, der den Anführer der Sbirren für ebenso böse wie den eigenen Hund hielt, nichts herauszubekommen war. Und er hat nicht einmal unrecht, dachte der Hauptmann. Seit Jahrhunderten bissen die Bargelli Leute wie diesen Bauern. Vielleicht ließen sie sie erst sicher werden, wie er das nannte, aber dann bissen sie zu. Denn was waren die Bargelli anderes gewesen als Werkzeuge widerrechtlicher Machtaneignung und Willkür?

Er verabschiedete sich von dem Alten und wanderte auf dem Pfad zur Landstraße hinüber. Der Hund riß an seiner Kette und bellte noch einmal drohend hinter ihm her. Bargello, dachte der Hauptmann, ein Bargello wie ich. Auch ich bin an meine Strippe gebunden, auch ich habe mein Halsband und meine Wut. Und er fühlte sich dem Hund mit dem Namen Barrugieddu ähnlicher als dem einstmaligen, aber doch der Vergangenheit nicht ganz zugehörigen Bargello. Und noch einmal dachte er von sich selbst: Hund des Gesetzes. Hunde des Gesetzes waren die Dominikaner. Und so dachte er: Inquisition. Und dieses Wort stürzte wie in eine leere dunkle Krypta und löste dort das dumpfe Echo von Phantasie und Geschichte aus. Und traurig überlegte er, ober er nicht, als fanatischer Hund des Gesetzes, bereits die Schwelle zu dieser Krypta überschritten habe. Gedanken. Gedanken, die aufstiegen und sich in dem Nebel auflösten, in dem die Schläfrigkeit sich selbst verzehrte.

Er kehrte nach C. zurück, und ehe er zu einer kurzen Ruhepause in seine Wohnung ging, betrat er rasch das Amtszimmer des Staatsanwalts. Er wollte ihn über den Verlauf der Ermittlungen unterrichten und eine Verlängerung der vorläufigen Festnahme Arenas erwirken, den er am Nachmittag zu vernehmen gedachte, wenn er alle bisher ermittelten Einzelheiten in Zusammenhang gebracht und ausgewertet hätte.

Auf den Treppen und Gängen des Justizgebäudes biwakierten die Journalisten. Der ganze Schwarm stürzte sich auf ihn, und vor seinen brennenden Augen zuckten die Blitzlichter der Fotografen auf.

«Was haben die Ermittlungen ergeben?» «Sind die Morde auf Anstiften Don Mariano Arenas begangen worden?» «Oder steht jemand Mächtigerer hinter Don Mariano?» «Haben Marchica und Pizzuco gestanden?» «Wird die vorläufige Festnahme verlängert werden, und sind die Haftbefehle schon ausgestellt?» «Wissen Sie etwas von Beziehungen zwischen Don

Mariano und dem Minister Mancuso?» «Stimmt es, daß der Abgeordnete Livigni Sie gestern aufgesucht hat?»

«Das stimmt nicht», antwortete er auf die letzte dieser Fragen.

«Haben sich überhaupt Politiker für Don Mariano verwendet?» «Stimmt es, daß der Minister Mancuso von Rom aus angerufen hat?»

«Soweit mir bekannt ist», sagte er mit lauter Stimme, «haben keine Politiker eingegriffen. Das wäre auch gar nicht möglich. Von den Beziehungen zwischen einem der Festgenommenen und gewissen Persönlichkeiten des politischen Lebens weiß ich nur, was Sie darüber schreiben. Aber selbst unter der Voraussetzung, daß solche Beziehungen bestehen – denn ich will hier Ihre berufliche Redlichkeit nicht in Frage stellen –, ist es bisher meine Sorge nicht, mich mit ihnen zu beschäftigen oder ihre Reichweite zu untersuchen. Sollten diese Beziehungen im Lauf der Untersuchung eine besondere Bedeutung gewinnen und die Aufmerksamkeit des Gesetzes auf sich lenken, so werden sowohl ich als der Staatsanwalt unsere Pflicht tun...»

In der sechsspaltigen Schlagzeile einer Abendzeitung sah diese Erklärung folgendermaßen aus: «Hauptmann Bellodi bezieht Minister Mancuso in seine Ermittlungen ein.»

Bekanntlich erscheinen die Abendzeitungen vormittags. Und zu der Zeit, zu der man im Süden zu Mittag ißt, brachten die Schreie der Betroffenen die Telefonleitungen wie Zündschnüre zum Glühen, um dann in den übrigens sehr hellhörigen Ohren von Personen zu verpuffen, die mit Weinen aus Salaparuta und Vittoria den Angstkloß in ihrem Hals fortzuschwemmen trachteten.

«Das Problem liegt doch so. Die Carabinieri haben drei Glieder einer Kette in der Hand. Das erste ist Marchica. Gelingt es ihnen, dieses Glied so festzuschmieden wie den Ring, der in die Mauer eines Landhauses eingelassen ist, um die Maultiere daran festzubinden...»

«Diego ist kein Mann, der schwatzt. Er hat ein dickes Fell.»

«Laß mal sein dickes Fell beiseite. Ihr macht immer den Fehler, nicht zu begreifen, daß ein Mann, der fähig ist, zehn oder tausend oder hunderttausend Menschen umzubringen, dennoch ein Feigling sein kann... Nimm mal an, Diego hat geschwatzt. Und schon hängt Pizzuco an seinem Kettenglied. Nun gibt es zwei Möglichkeiten. Entweder Pizzuco schwatzt auch. Und schon ist an sein Kettenglied das dritte angeschmiedet, das Mariano darstellt. Oder Pizzuco schwatzt nicht. Dann bleibt er doch mit Diego verkettet, aber nur so lose, daß es einem tüchtigen Rechtsanwalt nicht schwerfallen dürfte, ihn davon loszueisen... Und... und... Und Schluß. Die Kette ist zu Ende, Mariano ist frei.»

«Pizzuco schwatzt nicht.»

«Das weiß ich nicht, mein Lieber, das weiß ich nicht. Ich rechne immer mit dem Schlimmsten, was geschehen kann. Nehmen wir also mal an, daß Pizzuco schwatzt. Dann sitzt Mariano in der Tinte. Auf Kreuz und Kopf sage ich dir zu, daß gerade jetzt die Carabinieri versuchen, Pizzucos Kettenglied mit dem Marianos zusammenzuschweißen. Wenn das gelingt, ergeben sich zwei Möglichkeiten. Entweder endet die Kette bei Mariano. Oder Mariano beginnt, alt und leidend wie er ist, seinen Rosenkranz herzubeten ... Und in diesem Fall, mein Lieber, wird die Kette immer länger und länger. Sie wird so lang, daß schließlich ich, der Minister und der Herrgott im Himmel mit dranhängen können ... Eine Katastrophe, mein Lieber, eine Katastrophe ...»

«Sie wollen mir das Herz schwer wie einen Wackerstein machen ... Heilige Muttergottes, wissen Sie denn wirklich nicht, was für ein Mensch Don Mariano ist? Ein Grab.»

«In seiner Jugend war er ein Grab. Jetzt ist er ein Mann, der schon mit einem Fuß im Grabe steht ... ‹Das Geschöpf ist schwach›, sagt Garibaldi in seinem Testament. Er befürchtete, in der Todesschwäche so weit zu sinken, daß er seine Sünden – sie müssen zu denen gehört haben, die dornig sind wie die Früchte des Feigenkaktus – einem Priester ausplaudert ... Und deshalb sage ich: Es kann sein, daß Mariano die Schwäche ankommt, seine Sünden zu beichten, deren Zahl, unter uns gesagt, nicht gering ist ... Ich habe im Jahr 1927 seine Akten in der Hand gehabt. Sie waren umfangreicher als dieses Buch.» Er zeigte auf einen Band Bentini. «Und man hätte daraus eine Enzyklopädie des Verbrechens machen können. Es fehlte nichts darin von A, Anstiftung zum Mord, bis Z, Zeugenbedrohung. Dieses Aktenstück ist dann zum Glück verschwunden. Nein, mach nur nicht Augen wie eine tote

Sardine. An seinem Verschwinden bin ich nicht beteiligt gewesen. Andere Freunde, wichtigere als ich, haben ihr Zauberspiel damit getrieben. Von einer Amtsstelle zur anderen, hierhin und dorthin. Und der Staatsanwalt, ein schrecklicher Mann, so erinnere ich mich, hat das Aktenstück unter seiner Nase verschwinden sehen... Er gebärdete sich wie ein toller Hund. Ich erinnere mich gut daran. Drohungen nach rechts und Drohungen nach links. Und die, die er am meisten verdächtigte, die Ärmsten, waren Leute, die gar nichts mit der Sache zu tun hatten. Dann wurde der Staatsanwalt versetzt, und das Unwetter ging vorüber. Denn, mein Lieber, so sieht es in Wirklichkeit aus. Die königlichen Staatsanwälte gehen vorüber, und die Staatsanwälte der Republik gehen vorüber, die Richter, die Offiziere, die Polizeipräsidenten und die Carabinierigefreiten...»

«Ausgezeichnet! Die Gefreiten...»

«Da gibt's nichts zu lachen, mein Lieber. Ich wünsche dir von ganzem Herzen, daß dein Gesicht sich niemals dem Gemüt eines Carabinierigefreiten einprägt... Also, auch die Carabinierigefreiten gehen vorüber, und übrig bleiben wir... Manchmal bleibt einem vor Schrecken die Luft weg. Manchmal klopft einem das Herz. Aber schließlich sind wir noch da.»

«Aber Don Mariano...»

«Don Mariano ist mal ein bißchen die Luft weggeblieben, hat mal ein bißchen das Herz geklopft...»

«Aber vorläufig sitzt er noch. Wer weiß, welche Qualen er auszustehen hat.»

«Der hat nichts auszustehen. Denkst du etwa, daß sie ihn auf den Bock schnallen oder ihn mit Elektroschocks traktieren? Das waren andere Zeiten, die mit den Böcken. Jetzt gilt das Gesetz auch für die Carabinieri...»

«Ein Dreck, das Gesetz. Vor drei Monaten...»

«Laß gut sein. Jetzt sprechen wir von Don Mariano... Den wagt niemand anzurühren. Ein Mann, den man respektiert. Ein Mann, der Protektion genießt. Ein Mann, der sich die Verteidigung von De Marsico, Porzio und Delitala zusammen leisten kann... Gewiß, ein paar Unbequemlichkeiten wird er auf sich nehmen müssen. Das Polizeigewahrsam ist kein Grand Hotel. Die Pritsche ist hart, und der Kübel dreht einem den Magen um. Sein Kaffee wird dem Ärmsten fehlen, von dem er alle halbe Stunden eine Tasse trank, und zwar sehr starken... Aber in ein paar Tagen lassen sie ihn frei, von Unschuld umstrahlt wie der Erzengel Gabriel. Und sein Leben kommt ins alte Gleis. Seine Geschäfte blühen von neuem..»

«Vor ein paar Minuten haben Sie geredet, daß mir die Knie wankten, daß meine Hoffnung hinwelkte, und jetzt...»

«Vor ein paar Minuten war es die Seite mit dem Kreuz, jetzt ist es die mit dem Kopf. Ich sage, daß Kopf kommen muß, daß die Dinge gut ausgehen müssen. Aber natürlich kann auch Kreuz kommen...»

«Sorgen wir dafür, daß Kopf kommt, und überlassen wir das Kreuz Jesus Christus.»

«Dann nimm dir meinen Rat zu Herzen. Man muß das erste Kettenglied aus der Mauer reißen. Man muß Diego befreien.»

«Wenn er nicht die Gemeinheit begangen hat...»

«Auch wenn er sie begangen hat, holt ihn raus. Laßt der

Ermittlung ihren Lauf. Nachdem die beiden Polenta-fresser sie in der Hand haben, kann sie sowieso niemand mehr aufhalten. Laßt ihr ihren Lauf. Wartet, bis sie ab-geschlossen ist, bis alles vor den Untersuchungsrichter kommt. Und bereitet inzwischen ein Alibi für Diego vor, eins, an dem man sich die Zähne ausbeißen kann, wenn man ihm etwas anhaben will...»

«Und was meinen Sie damit?»

«Ich meine damit, daß Diego an dem Tag, an dem Colasberna ermordet wurde, meilenweit vom Tatort entfernt war, in der Gesellschaft durchaus ehrenwerter Personen, die nie mit dem Gesetz in Konflikt gekom-men sind, feiner Leute, an deren Wort zu zweifeln kein Richter sich herausnehmen darf...»

«Aber wenn er gestanden hat...»

«Wenn er gestanden hat, nimmt er zurück, was er gesagt hat. Unter den körperlichen und moralischen Foltern der Carabinieri – denn es gibt auch moralische Foltern – hat er Erklärungen abgegeben, die der Wahr-heit nicht entsprechen. Und zum Beweis dafür, daß seine Erklärungen den Carabinieri gegenüber nicht der Wahrheit entsprechen, ja, reine Phantasien sind, bezeu-gen Tizio, Filano und Martino, Personen von außeror-dentlicher Glaubwürdigkeit, die materielle Unmög-lichkeit, daß Diego das Verbrechen begangen hat. Nur der eine oder andere Heilige hat die Gabe besessen, sich gleichzeitig an zwei verschiedenen und voneinan-der entfernten Orten aufzuhalten. Und ich glaube kaum, daß ein Richter bei Diego diese Gabe der Hei-ligkeit entdecken wird... Und dann schau mal diese Zeitung, diese kleine Notiz an: ‹Carabinieri übersehen Fährte bei den Morden in S.›»

Der Hauptmann Bellodi las von der Fährte, die er nach Ansicht der sizilianischen Zeitung – einer üblicherweise durchaus vorsichtigen Zeitung, der es fernlag, die Ordnungsmächte zu tadeln – übersehen hatte. Die Fährte der Leidenschaft, natürlich. Sie hätte allenfalls jemanden, der die inzwischen einwandfreien Ermittlungsergebnisse nicht kannte, zur Erklärung eines der drei Verbrechen verleiten können. Die anderen beiden Verbrechen hieß sie auf jeden Fall vollständig ungeklärt. Vielleicht hatte sich der Journalist bei seinem Aufenthalt in S. von Don Ciccio rasieren lassen, und dessen Erzählung von den Liebesbanden zwischen Nicolosis Frau und Passarello hatte seine Phantasie beflügelt. *Cherchez la femme,* das war es schließlich, was dieser Journalist als echter Journalist und Sizilianer sagte. Und der Hauptmann war gerade der Ansicht, man solle nicht nach der Frau suchen. Und er hätte sich gewünscht, daß man das in Sizilien der Polizei zur Vorschrift machte. Denn schließlich fand sie sich immer, und zwar zum Schaden der Gerechtigkeit.

Das Leidenschaftsdelikt, dachte der Hauptmann Bellodi, entspringt in Sizilien nicht wahrer und echter Leidenschaft. Nicht der Leidenschaft des Herzens, sondern einer sozusagen intellektuellen Leidenschaft, einer Leidenschaft oder einem Interesse für – wie soll man das nennen? – den juristischen Formalismus im Sinne jener Abstraktion, zu der die Gesetze bei ihrem Gang durch die verschiedenen Instanzen unserer juristischen Ordnung sich verflüchtigen, bis sie von jener formalen Durchsichtigkeit sind, in der das Wesentliche, nämlich die menschliche Bedeutung der Tatsachen, keine Rolle mehr spielt. Und ist das Bild des Menschen erst einmal ausgeschaltet, so spiegelt sich das Gesetz im Gesetz. Ciampa, eine Figur aus der «Schellenkappe» von Pirandello, spricht, als sei in seinem Munde der Oberste Gerichtshof mit allen seinen Senaten zusammengetreten, so sorgfältig zerlegt und rekonstruiert er das Formale, ohne das Wesentliche auch nur zu streifen. Und auf genau so einen Ciampa war Bellodi in den ersten Tagen nach seiner Ankunft in C. gestoßen. Pirandellos Figur, wie sie leibte und lebte, war da in seine Amtsstube geschneit, nicht auf der Suche nach einem Autor – denn den besaß sie ja schon, und zwar einen sehr bedeutenden –, sondern auf der Suche nach einem feinsinnigen Protokollführer. Und deshalb hatte sie mit einem Offizier sprechen wollen, denn einen Unteroffizier hielt sie für unfähig, ihr logisches Arabeskenwerk zu begreifen.

Und das hing wohl damit zusammen, überlegte der Hauptmann, daß die Familie für das Bewußtsein des Sizilianers die einzige lebendige Institution ist. Allerdings stellt sie sich ihm mehr als eine dramatische, vertraglich geregelte Bindung denn als ein natürliches und gefühlsbetontes Gebilde dar. Die Familie ist der eigentliche Staat des Sizilianers. Der Staat, das, was für uns der Staat ist, liegt ihm fern, jenes reine Machtgebilde, das ihm die Steuern, den Militärdienst, den Krieg und die Carabinieri auferlegt. Innerhalb der Institution der Familie verläßt der Sizilianer seine tragische Einsamkeit und fügt sich, unter haarspalterischen vertraglichen Regelungen, ihren Beziehungen, dem Zusammenleben. Es wäre zuviel von ihm verlangt, wollte man fordern, er solle die Grenze zwischen Familie und Staat überschreiten. Unter Umständen kann er sich für die Idee des Staates begeistern oder sich zu seiner Regierung aufschwingen. Aber der eigentliche und endgültige Bereich seiner Rechte und Pflichten wird die Familie bleiben, aus der ihn nur ein kleiner Schritt in die siegreiche Einsamkeit zurückführt.

Diese Gedanken, bei denen die Literatur seiner unzureichenden Erfahrung bald den richtigen, bald einen falschen Weg wies, wälzte der Hauptmann Bellodi, während er in seinem Amtszimmer auf die Vorführung Arenas wartete. Und gerade wandten sich seine Gedanken der Mafia zu, und wie die Mafia sich in das von ihm entworfene Schema einfügen lasse, als der Unteroffizier Don Mariano Arena hereinführte.

Vor seiner Vorführung beim Hauptmann hatte Don Mariano nach einem Barbier gefragt. Ein Carabiniere hatte ihn schnell rasiert, was er als wahrhaft erfrischend empfand. Und jetzt strich er mit der Hand über sein Gesicht und genoß es, dabei nicht, hart wie Glaspapier, seine Bartstoppeln zu fühlen, die ihm in den letzten beiden Tagen mehr Unbehagen als seine Gedanken bereitet hatten.

Der Hauptmann sagte: «Nehmen Sie Platz.» Und Don Mariano setzte sich und schaute ihn unter seinen schweren Lidern unverwandt an, mit einem ausdruckslosen Blick, der bei jeder Kopfbewegung sogleich erlosch, als seien seine Pupillen nach oben und innen gerutscht.

Der Hauptmann fragte ihn, ob er jemals Beziehungen zu Calogera Dibella, genannt Parrinieddu, unterhalten habe.

Don Mariano fragte zurück, was er unter Beziehungen verstehe. Eine einfache Bekanntschaft? Freundschaft? Gemeinsame Interessen?

«Das können Sie sich aussuchen», sagte der Hauptmann.

«Es gibt nur eine Wahrheit, und auszusuchen gibt's da nichts. Eine einfache Bekanntschaft.»

«Und was hatten Sie von Dibella für eine Meinung?»

«Er kam mir verständig vor. Ein paar kleine Fehltritte in seiner Jugend. Aber jetzt schien er mir auf dem rechten Weg zu sein.»

«Arbeitete er?»

«Das wissen Sie besser als ich.»

«Ich möchte das von Ihnen hören.»

«Wenn Sie Arbeit mit der Hacke meinen, die Arbeit, die sein Vater ihm beigebracht hat, dann arbeitete Dibella soviel wie Sie und ich... Vielleicht tat er Kopfarbeit.»

«Und was für Kopfarbeit tat er Ihrer Meinung nach?»

«Das weiß ich nicht und will es auch nicht wissen.»

«Warum?»

«Weil es mich nicht interessiert. Dibella ging seinen Weg, und ich ging den meinen.»

«Warum sprechen Sie davon in der Vergangenheit?»

«Weil man ihn umgebracht hat... Ich habe das eine Stunde, ehe Sie mir die Carabinieri ins Haus schickten, erfahren.»

«Die Carabinieri hat Ihnen eigentlich Dibella ins Haus geschickt.»

«Sie wollen mich verwirren.»

«Nein. Ich will Ihnen sogar zeigen, was Dibella ein paar Stunden vor seinem Tod geschrieben hat.»

Und er zeigte ihm die Fotokopie des Briefes.

Don Mariano nahm sie in die Hand und betrachtete sie, indem er sie auf Armeslänge von sich forthielt. Er sagte, entfernte Dinge sehe er gut.

«Was halten Sie davon?» fragte der Hauptmann.

«Nichts», sagte Don Mariano und gab ihm die Fotokopie zurück.

«Nichts?»

«Ganz und gar nichts.»

«Halten Sie das nicht für eine Anklage?»

«Anklage?» fragte Don Mariano erstaunt. «Ich halte das für gar nichts. Für ein Stück Papier mit meinem Namen darauf.»

«Es steht noch ein anderer Name dabei.»

«Ja, Rosario Pizzuco.»

«Kennen Sie den?»

«Ich kenne das ganze Dorf.»

«Aber Pizzuco insbesondere?»

«Nicht besonders gut. So wie viele andere.»

«Haben Sie keine Geschäftsbeziehungen zu Pizzuco?»

«Erlauben Sie mir eine Frage. Was glauben Sie, was ich für Geschäfte betreibe?»

«Vielerlei und mannigfaltige.»

«Ich betreibe keinerlei Geschäfte. Ich lebe von meiner Rente.»

«Von was für einer Rente?»

«Bodenrente.»

«Wieviel Hektar besitzen Sie?»

«Zweiundzwanzig Morgen und... sagen wir neunzig Hektar.»

«Werfen die eine gute Rente ab?»

«Nicht immer. Es kommt auf das Jahr an.»

«Was kann ein Hektar von Ihrem Grund und Boden durchschnittlich abwerfen?»

«Einen guten Teil von meinem Grund und Boden lasse ich als Weideland brachliegen... Von diesem

Brachland kann ich deshalb nur sagen, was die Schafe einbringen... Grob geschätzt, eine halbe Million... Das übrige – Korn, Bohnen, Mandeln und Öl – je nachdem, wie die Ernte ausfällt...»

«Wieviel Hektar ungefähr lassen Sie anbauen?»

«Fünfzig bis sechzig Hektar.»

«So, dann kann ich Ihnen sagen, wieviel Ihnen der Hektar einbringt. Nicht weniger als eine Million.»

«Sie belieben zu scherzen.»

«O nein, Sie scherzen... Denn Sie behaupten, daß Sie außer Ihrem Grund und Boden keine anderen Einnahmequellen haben. Daß Sie nichts mit gewerblichen und mit Handelsgeschäften zu tun haben... Und ich glaube Ihnen. Und deshalb bin ich der Ansicht, daß die vierundfünfzig Millionen, die Sie im letzten Jahr bei drei verschiedenen Banken deponiert haben, da sie offensichtlich nicht aus vorher bestehenden Depots bei anderen Banken stammen, ausschließlich die Rendite Ihres Grundbesitzes darstellen. Eine Million pro Hektar also... Und ich muß Ihnen gestehen, daß ein Sachverständiger, den ich zu Rate gezogen habe, sich darüber gewaltig gewundert hat. Denn seiner Ansicht nach gibt es hier in der Gegend keine Böden, die eine Nettorendite von mehr als hunderttausend Lire pro Hektar abwerfen können. Täuscht er sich da Ihrer Meinung nach?»

«Nein, er täuscht sich nicht», sagte Don Mariano finster.

«Also sind wir von falschen Voraussetzungen ausgegangen... Kommen wir zu unserem Ausgangspunkt zurück. Aus welchen Quellen stammen Ihre Einkünfte?»

«Nein, zu unserem Ausgangspunkt wollen wir keineswegs zurückkommen. Ich mache mit meinem Geld, was ich will... Ich kann allenfalls noch sagen, daß ich es nicht immer auf die Bank bringe. Gelegentlich gebe ich Freunden ein Darlehen, ohne Wechsel, nur auf Treu und Glauben... Und im vergangenen Jahr habe ich alle meine Außenstände hereinbekommen. Damit habe ich die in Frage stehenden Depots bei den Banken eröffnet...»

«Wo schon andere Depots auf Ihren Namen und auf den Ihrer Tochter bestanden...»

«Ein Vater hat die Pflicht, an die Zukunft seiner Kinder zu denken.»

«Das ist durchaus richtig. Und Sie haben Ihrer Tochter eine Zukunft in Reichtum gesichert... Aber ich weiß nicht, ob Ihre Tochter das gutheißen könnte, was Sie getan haben, um ihr diese Reichtümer zu sichern... Ich weiß, daß sie gegenwärtig in einem Pensionat in Lausanne ist, einem sehr teuren, sehr bekannten... Ich vermute, Sie werden sie sehr verwandelt wiedersehen. Feiner geworden, voller Mitleid allem gegenüber, was Sie verachten. Voller Rücksichten auf alles, worauf Sie keine Rücksicht nehmen.»

«Lassen Sie meine Tochter aus dem Spiel», sagte Don Mariano und krümmte sich vor Wut. Und entspannt, als wolle er sich das selbst bestätigen, sagte er dann: «Meine Tochter ist wie ich.»

«Wie Sie?... Ich möchte wünschen, daß das nicht der Fall wäre. Im übrigen tun Sie doch alles dafür, daß Ihre Tochter nicht wie Sie wird, daß sie anders wird... Und wenn Sie Ihre Tochter später darum nicht wiedererkennen, dann haben Sie in gewisser Hinsicht für einen Reichtum gezahlt, den Sie mit Gewalt und Betrug erworben haben...»

«Sie halten mir eine Predigt.»

«Sie haben recht... Den Prediger wollen Sie in der Kirche hören. Hier wollen Sie den Sbirren antreffen. Sie haben recht... Sprechen wir über das Geld, das Sie in ihrem Namen zusammenraffen... Viel Geld, sehr viel Geld, dessen Herkunft, wir wollen mal sagen, unklar ist... Sehen Sie, das sind die Fotokopien der auf Ihren und Ihrer Tochter Namen ausgestellten Bankquittungen. Wie Sie sehen, haben wir unsere Ermittlungen nicht auf die Filialen in Ihrem Dorf beschränkt. Wir haben unsere Fühler bis nach Palermo ausgestreckt... Viel Geld, sehr viel Geld. Können Sie mir sagen, woher es kommt?»

«Und Sie?» fragte Don Mariano unerschütterlich.

«Ich will es versuchen. Denn das Geld, das Sie auf so geheimnisvolle Weise zusammenraffen, muß der Grund für die Verbrechen sein, denen meine Ermittlungen gelten. Und diesen Grund muß man in den Akten, in denen ich Anklage wegen Anstiftung zum Mord gegen Sie erheben werde, ein bißchen durchleuchten... Ich will es versuchen... Aber dem Finanzamt müssen Sie jedenfalls eine Erklärung abgeben, denn diese Daten werden wir jetzt an die Finanzbehörde weiterreichen...»

Don Mariano deutete durch eine Geste an, daß ihn das nicht kümmere.

«Wir haben auch eine Kopie Ihrer Einkommenssteuererklärung und Ihres Steuerbescheides. Sie haben ein Einkommen deklariert...»

«Das so hoch ist wie das meine», mischte sich jetzt der Unteroffizier ein.

«... und zahlen an Steuern...»

«Etwas weniger als ich», sagte wiederum der Unteroffizier.

«Sehen Sie», fuhr der Hauptmann fort. «Es sind da viele Dinge zu klären, über die Sie Auskunft geben müssen...»

Nochmals deutete Don Mariano durch eine Geste seine Gleichgültigkeit an.

An diesem Punkt, dachte der Hauptmann, müßte man ansetzen. Einen Mann wie den da anhand des Strafgesetzbuches dingfest machen zu wollen, ist ein müßiges Unterfangen. Die Beweise werden dazu niemals ausreichen, und das Schweigen der Gerechten und der Ungerechten wird ihm immer Schutz gewähren. Und auf eine Suspendierung der Grundrechte zu hoffen ist nicht nur müßig, sondern sogar gefährlich. Ein neuer Mori würde sofort zum Werkzeug der Wahlpolitik. Nicht ein Arm der Regierung, sondern einer Regierungsgruppe, der Gruppe Mancuso-Livigni oder der Gruppe Sciortino-Caruso. Hier müßte man die Leute wie in Amerika bei ihren Steuerhinterziehungen ertappen. Und zwar nicht nur die Leute wie Mariano Arena, und nicht nur hier in Sizilien. Man müßte mit einem Schlag in den Banken erscheinen, mit erfahrenen Händen die Buchhaltungen der großen und kleinen Firmen prüfen, die gewöhnlich doppelt geführt werden, die Katasterämter kontrollieren. Und alle diese Füchse, alte wie neue, die vergeblich die politischen Ideen und Tendenzen beschnüffeln oder die Zusammenkünfte zwischen den unruhigsten Mitgliedern jener großen Familie, die die Regierung darstellt, und den Wohnungsnachbarn dieser Familie und ihrer Feinde, täten besser daran, einmal die Villen, die Autos mit Spezialkarosserien, die Frauen und die Geliebten mancher hoher Beamter zu beschnuppern. Und diese Wahrzeichen des Reichtums mit ihren Gehältern zu vergleichen und daraus die richtigen Folgerungen zu ziehen. Nur so würden Leute wie Don Mariano den Boden unter den Füßen verlieren... In jedem anderen Land der Welt würde eine Steuerhinterziehung, wie ich sie hier gerade feststelle, schwer bestraft. Hier lacht Don Mariano nur darüber. Denn er weiß genau, daß es ihm nicht schwerfallen wird, alles zu verschleiern.

«Die Finanzbehörden machen Ihnen keinen Kummer, wenn ich recht sehe.»

«Mir macht nie etwas Kummer.»

«Und wie ist das möglich?»

«Ich bin ganz ungebildet, aber die zwei oder drei Dinge, die ich weiß, genügen mir. Das erste ist, daß unter unserer Nase der Mund sitzt, mehr zum Essen als zum Sprechen...»

«Auch mein Mund sitzt unter der Nase», sagte der Hauptmann. «Aber ich versichere Ihnen, daß ich nur das esse, was Ihr Sizilianer das Brot der Regierung nennt.»

«Ich weiß. Aber Sie sind ein Mensch.»

«Und der Unteroffizier?» fragte der Hauptmann ironisch und zeigte auf den Unteroffizier D'Antona.

«Das weiß ich nicht», sagte Don Mariano und warf ihm einen aufmerksamen Blick zu, den der Unteroffizier als lästig empfand.

«Ich», fuhr Don Mariano dann fort, «besitze eine gewisse Welterfahrung. Und was wir die Menschheit nennen – und wir nehmen den Mund gewaltig voll mit diesem schönen, windigen Wort Menschheit –, teile ich in fünf Kategorien ein: die Menschen, die Halbmenschen, die Menschlein, die (mit Verlaub gesagt) Arschlöcher und die Blablablas... Ganz selten sind die Menschen, selten auch die Halbmenschen. Und ich wär's zufrieden, wenn die Menschheit bei den Halbmenschen aufhörte... Aber nein, sie steigt noch tiefer hinab zu den Menschlein. Die sind wie die Kinder, die sich erwachsen dünken, Affen, die die gleichen Bewegungen wie die Großen machen... Und noch weiter unten die Arschkriecher, die schon ein ganzes Heer bilden... Und schließlich die Blablablas, die wie die Enten in Tümpeln leben müßten. Denn ihr Leben hat nicht mehr Sinn und Verstand als das der Enten... Sie, auch wenn Sie mich auf diese Akten festnageln wollen, Sie sind ein Mensch...»

«Sie ebenfalls», sagte der Hauptmann einigermaßen bewegt. Und das Unbehagen, das dieser mit einem Anführer der Mafia getauschte Waffengruß in ihm sofort erregte, ließ ihn zu seiner Rechtfertigung daran denken, daß er im brausenden Jubel eines Nationalfeiertages dem Minister Mancuso und dem Abgeordneten Livigni, als den von Fanfaren und Fahnen umgebenen Repräsentanten der Nation, die Hand gedrückt hatte. Und ihnen hatte Don Mariano wahrhaftig voraus, ein Mensch zu sein. Jenseits von Gesetz und Moral, jenseits aller menschlichen Gefühle, war er ein unerlöster Klumpen menschlicher Energie, ein Klumpen Einsamkeit, ein blinder, tragischer Wille. Und wie sich ein Blinder in seinem Innern, dunkel und formlos, die Welt der Dinge vorstellt, so stellte sich Don Mariano die Welt der Gefühle, der Gesetze, der menschlichen Beziehungen vor. Und wie hätte die Welt sich ihm anders darstellen sollen, wenn rings um ihn her die Stimme des Rechtes immer von der Gewalt erstickt worden war und der Atem des Geschehens nur die Farbe der Worte über einer unveränderlichen Wirklichkeit verändert hatte?

«Weshalb bin ich ein Mensch: und nicht ein Halbmensch oder geradezu ein Blablabla?» fragte der Hauptmann schroff.

«Weil es», antwortete Don Mariano, «auf dem Platz, an dem Sie stehen, leicht ist, einen Menschen ins Gesicht zu treten, und Sie trotzdem Respekt haben... Von Leuten, die dort stehen, wo Sie stehen, wo der Unteroffizier steht, habe ich vor vielen Jahren eine Beleidigung erfahren, die schlimmer war als der Tod. Ein Offizier wie Sie hat mich geohrfeigt. Und unten im Polizeigewahrsam hat ein Wachtmeister seine glühende Zigarre an meine Fußsohlen gehalten und hat dazu gelacht... Und ich frage: Kann man noch schlafen, wenn man so tief beleidigt worden ist?»

«Ich beleidige Sie also nicht?»

«Nein, Sie sind ein Mensch», bestätigte Don Mariano nochmals.

«Und meinen Sie, es sei eines Menschen würdig, einen anderen Menschen umzubringen oder umbringen zu lassen?»

«Ich habe niemals etwas dergleichen getan. Aber wenn Sie mich nur so zum Zeitvertreib fragen, nur um über die Dinge des Lebens zu plaudern, ob es recht ist, einem Menschen das Leben zu nehmen, so antworte ich: Erst muß man einmal sehen, ob er wirklich ein Mensch ist...»

«War Dibella ein Mensch?»

«Er war ein Blablabla», sagte Don Mariano verächtlich. «Er hat sich gehenlassen. Und Worte sind nicht
wie Hunde, die man zurückpfeifen kann.»

«Und hatten Sie besondere Gründe, um ihn so zu
beurteilen?»

«Keinerlei Grund. Ich kannte ihn ja kaum.»

«Und doch trifft Ihr Urteil zu, und Sie müssen Ihre
Gründe dafür haben... Vielleicht wußten Sie, daß er
ein Spitzel war, ein Kontaktmann der Carabinieri...»

«Das interessierte mich nicht.»

«Aber Sie wußten es...»

«Das ganze Dorf wußte es.»

«Unsere geheimen Informationsquellen...» sagte der
Hauptmann ironisch, zum Unteroffizier gewandt. Und
zu Don Mariano: «Und vielleicht erwies Dibella seinen
Freunden gelegentlich einen Dienst, indem er uns innerhalb bestimmter Grenzen vertrauliche Mitteilungen
machte... Was meinen Sie dazu?»

«Das weiß ich nicht.»

«Einmal jedenfalls, vor ungefähr zehn Tagen, hat Dibella uns richtig informiert. Hier in diesem Zimmer.
Er saß dort, wo Sie jetzt sitzen... Wie haben Sie es
fertiggebracht, das zu erfahren?»

«Ich habe es nicht erfahren. Und wenn ich es erfahren
hätte, hätte mir das nicht heiß und nicht kalt gemacht.»

«Vielleicht ist Dibella zu Ihnen gekommen und hat, von
Gewissensbissen getrieben, seinen Fehler gestanden...»

«Er war jemand, der Angst haben konnte, aber keine
Gewissensbisse. Und er hatte keinen Grund, zu mir zu
kommen.»

«Und sind Sie jemand, der Gewissensbisse haben
kann?»

«Weder Gewissensbisse noch Angst. Niemals.»

«Manche Ihrer Freunde behaupten, Sie seien sehr religiös.»

«Ich gehe in die Kirche. Ich gebe den Waisenhäusern Geld...»

«Glauben Sie, daß das genügt?»

«Gewiß genügt das. Die Kirche ist groß genug, daß jeder auf seine Art seinen Platz in ihr findet.»

«Haben Sie je das Evangelium gelesen?»

«Ich höre es jeden Sonntag.»

«Was halten Sie davon?»

«Schöne Worte. Die ganze Kirche ist eine einzige Schönheit.»

«Für Sie hat, wie ich sehe, die Schönheit nichts mit der Wahrheit zu tun.»

«Die Wahrheit ruht auf dem Grunde eines Brunnens. Sie schauen in den Brunnen und sehen die Sonne oder den Mond. Aber wenn Sie sich hinabstürzen, ist dort weder die Sonne noch der Mond, sondern die Wahrheit.»

Der Unteroffizier wurde müde. Er kam sich vor wie ein Hund, der einem Jäger auf seinem Weg durch einen dürren Steinbruch folgen muß, wo er auch nicht die leiseste Fährte des Wildbrets aufspüren kann. Auf einem langen gewundenen Weg. Kaum näherten sie sich den Ermordeten, so machten sie einen großen Bogen um sie herum. Die Kirche, die Menschheit, der Tod. Eine Plauderei im Klub, himmlischer Heiland! Und das mit einem Verbrecher...

«Sie haben vielen Menschen dazu verholfen», sagte der Hauptmann, «die Wahrheit auf dem Grunde eines Brunnens zu finden.»

Don Mariano schlug die Augen zu ihm auf, die kalt waren wie Nickelmünzen. Er sagte nichts.

«Und Dibella stand schon in der Wahrheit», fuhr der Hauptmann fort, «als er Ihren Namen und den Pizzucos niederschrieb...»

«Verrückt war er. Keine Rede von Wahrheit.»

«Er war durchaus nicht verrückt... Ich hatte ihn sofort nach Colasbernas Tod kommen lassen. Schon damals hatte ich anonyme Informationen erhalten, die es mir erlaubten, den Mord mit bestimmten Interessen in Zusammenhang zu bringen... Ich wußte, daß man mit Vorschlägen und Drohungen an Colasberna herangetreten war, ja daß man sogar auf ihn geschossen hatte. Allerdings nur einen Warnschuß. Und Dibella habe ich gefragt, ob er mir Informationen über die Person dessen geben könne, der mit Vorschlägen und Drohungen an Colasberna herangetreten war. Unsicher geworden, allerdings nicht in dem Maße, daß er mich auf die einzig richtige Fährte geführt hätte, nannte er mir zwei Namen. Den einen, wie ich dann festgestellt habe, nur um mich zu verwirren... Aber ich wollte ihn unter meinen Schutz nehmen. Ich durfte ja auch nicht den Fehler begehen, beide von Dibella Genannten zu verhaften. Mit sicherem Griff mußte ich einen verhaften. Die beiden gehörten zwei rivalisierenden *cosche* an. Einer von beiden konnte deshalb nichts mit der Sache zu tun haben. Entweder La Rosa oder Pizzuco... In der Zwischenzeit wurde Nicolosis Verschwinden angezeigt. Und gewisse Zusammenhänge überraschten mich... Auch Nicolosi hatte uns vor seinem Tod einen Namen hinterlassen. Wir haben Diego Marchica festgenommen, den Sie sicher kennen. Und er hat gestanden...»

«Diego?» platzte Don Mariano ungläubig heraus.

«Diego», bestätigte der Hauptmann. Und wies den Unteroffizier an, das Geständnis zu verlesen.

Don Mariano begleitete seine Verlesung mit einem Ächzen, das asthmatisch klang, aber wütend war.

«Diego hat uns, wie Sie sehen, ohne Umstände auf Pizzuco verwiesen, und Pizzuco auf Sie...»

«Auf mich verweist Sie noch nicht einmal der Herrgott», sagte Don Mariano sicher.

«Sie schätzen Pizzuco sehr hoch», stellte der Hauptmann fest.

«Ich schätze niemand, aber ich kenne alle.»

«Ich will Sie, was Pizzuco betrifft, nicht enttäuschen. Um so mehr, als Diego Ihnen bereits eine schwere Enttäuschung bereitet hat.»

«Ein Dreckskerl», sagte Don Mariano. Und ein unüberwindlicher Ekel verzerrte sein Gesicht. Das war das Zeichen eines unerwarteten Nachgebens.

«Meinen Sie nicht, daß Sie ein bißchen ungerecht sind? Diego hat noch nicht einmal auf Sie angespielt.»

«Und was habe ich denn damit zu tun?»

«Und warum werden Sie denn so wütend, wenn Sie nichts damit zu tun haben?»

«Ich werde nicht wütend. Es tut mir für Pizzuco leid, der ein ordentlicher Mann ist... Wenn ich Gemeinheiten sehe, bringt mich das aus der Ruhe.»

«Können Sie dafür garantieren, daß das, womit Marchica Pizzuco belastet hat, vollkommen falsch ist?»

«Ich kann für nichts garantieren. Noch nicht einmal für einen Wechsel auf einen Heller.»

«Aber Sie halten Pizzuco nicht für schuldig?»

«Nein.»

«Und wenn Pizzuco selbst gestanden und Sie als Komplizen genannt hätte?»

«Dann würde ich annehmen, daß er den Verstand verloren hat.»

«Sind Sie es nicht gewesen, der Pizzuco beauftragt hat, die Sache mit Colasberna im Guten oder im Bösen ins reine zu bringen?»

«Nein.»

«Sind Sie nicht an Bauunternehmen beteiligt oder interessiert?»

«Ich? Aber auch im Traum nicht.»

«Haben Sie nicht die Firma Smiroldo für einen großen Auftrag empfohlen, den sie dank Ihrer Empfehlung unter – gelinde gesagt – ungewöhnlichen Bedingungen bekommen hat?»

«Nein ... Ja. Aber ich gebe Tausende von Empfehlungen.»

«Empfehlungen welcher Art?»

«Empfehlungen aller Art. Bei Ausschreibungen, für eine Stellung in einer Bank, für das Abitur, eine Unterstützung ...»

«An wen wenden Sie sich mit Ihren Empfehlungen?»

«An Freunde, die etwas ausrichten können.»

«Aber gewöhnlich an wen?»

«An besonders gute Freunde. Und an Leute, die sehr viel ausrichten können.»

«Und bringt Ihnen das keinerlei Vorteile ein, keinerlei Vergünstigungen, keinerlei Dankeszeichen?»

«Freundschaft bringt mir das ein.»

«Aber manchmal ...»

«Manchmal bekomme ich zu Weihnachten eine Cassata geschenkt.»

«Oder einen Scheck. Der Buchhalter Martini von der Firma Smiroldo erinnert sich an einen Scheck über eine beträchtliche Summe, den der Ingenieur Smiroldo auf Ihren Namen ausgestellt hat. Der Scheck ist durch seine Hand gegangen... Vielleicht war das ein Dankeszeichen für den großen Auftrag, den die Firma erhalten hatte? Oder hatten Sie der Firma noch andere Dienste geleistet?»

«Nicht, daß ich mich erinnern könnte. Vielleicht war es auch eine Rückzahlung.»

«Wir werden den Ingenieur Smiroldo festnehmen, da Sie sich nicht erinnern können.»

«Ausgezeichnet. So brauche ich mir den Kopf nicht zu zerbrechen... Ich bin alt, gelegentlich trügt mich mein Gedächtnis.»

«Kann ich Ihr Gedächtnis vielleicht in einer Angelegenheit in Anspruch nehmen, die weniger lang zurückliegt?»

«Wollen sehen.»

«Die Ausschreibung für die Landstraße Monterosso–Falcone. Abgesehen von der Tatsache, daß Sie die Finanzierung einer vollkommen überflüssigen Straße durchgesetzt haben, auf einer unmöglichen Trasse... Den Beweis dafür, daß Sie es waren, der die Finanzierung dieser Straße durchgesetzt hat, liefert uns der Artikel eines Lokalkorrespondenten, der Ihr Verdienst darum rühmt... Davon also abgesehen, hat der Bauunternehmer Fazello es nicht Ihnen zu verdanken, daß er den Auftrag bekommen hat? Jedenfalls hat Herr Fazello mir das gesagt. Und ich wüßte nicht, aus welchem Grund er lügen sollte.»

«Aus keinem.»

«Und hat er sich Ihnen in irgendeiner Weise erkenntlich gezeigt?»

«Ja, gewiß. Er ist doch hergekommen und hat die Geschichte hier verpfiffen. Er hat mich auf Heller und Pfennig, nebst Aufgeld, bezahlt.»

Eine Stunde vor Beginn der Sitzung hatten sie die Eintrittskarten in der Via della Missione abgeholt. Dann waren sie die Passage in der Nähe des Café Berardo entlanggeschlendert und waren ab und zu stehengeblieben, um die Bilder der Illustrierten zu betrachten, die an den Kiosken hingen. Rom war vom holden Licht verzaubert und hatte sich in eine geruhsame Promenade verwandelt, die vom Vorbeiflitzen der Autos und von dem langanhaltenden Quietschen der Busse kaum berührt wurde. Die Stimme der Zeitungsausrufer, der Name ihres Dorfes, den die Ausrufer zugleich mit dem Wort Verbrecher schrien, drang unwirklich und fern an ihr Ohr. Seit zwei Tagen waren sie aus ihrem Dorf fort. Schon hatten sie mit zwei großen Strafverteidigern, einem Minister, fünf oder sechs Abgeordneten und drei oder vier Leuten gesprochen, die von der Polizei gesucht wurden und in den Wirtschaften und Kaffeehäusern beim Testaccio Roms goldene Ruhe genossen. Das alles hatte sie beruhigt, und der Vorschlag des Abgeordneten, Montecitorio zu besuchen und einer Parlamentssitzung beizuwohnen, während der die Regierung auf die Anfragen bezüglich der öffentlichen Ordnung in Sizilien antworten sollte, schien ihnen ein durchaus passender Abschluß für diesen gehetzten Tag. Die Abendzeitungen behaupteten, aus der Festnahme von Marchica, Pizzuco und Arena sei eine Verhaftung geworden. Der Staatsanwalt habe Haftbefehle erlassen. Die Journalisten hatten bei ihrem Geschnüffel herausbekommen, Marchica habe einen Mord gestanden und einen zweiten Mord Pizzuco zur Last gelegt. Pizzuco habe seine fahrlässige Beihilfe zu den zwei von Marchica begangenen Morden gestanden. Zwei Morde, und nicht einer, wie Marchica gestanden hatte. Und Arena habe gar nichts zugegeben, und weder Marchica noch Pizzuco hätten ihn als mitschuldig bezeichnet. Gleichwohl habe der Staatsanwalt die Haftbefehle erlassen. Für Marchica wegen Mordes, für Pizzuco wegen Mordes und Anstiftung zum Mord, für Arena wegen Anstiftung zum Mord. Die Dinge standen schlimm. Aber aus der römischen Perspektive zu dieser Stunde, die der Stadt die glückselige luftige Freiheit einer Seifenblase verlieh, leuchtend und von den Farben der Frauen und der Schaufenster schillernd, schienen diese Haftbefehle leicht wie die Drachen emporzusteigen und sich im Ringelspiel hoch oben um die Mark-Aurel-Säule zu drehen.

Es war beinahe Zeit. Die beiden gingen die Unterführung hinunter, und in dem vielfarbigen Fluß, der in dem harten fluoreszierenden Licht der Schaufenster noch greller erschien, fesselten sie – in ihren dunklen Mänteln, mit ihren Gesichtern, die schwärzlich waren wie das des heiligen Patrons von S., mit ihren Trauerabzeichen und mit der stummen Sprache ihrer Ellenbogen und ausdrucksvollen Blicken, die dem Vorübergehen einer schönen Frau galten – für einen Augenblick die Aufmerksamkeit der Leute. Die meisten hielten sie für Polizeibeamte, die einen Taschendieb verfolgten. Und doch waren sie beide zusammen ein Stück problematischer Süden.

Die Parlamentspförtner beäugten sie mißtrauisch, reichten einander ihre Eintrittskarten, fragten nach ihren Personalausweisen und forderten sie dann auf, ihre Mäntel abzulegen. Schließlich wurden sie auf eine Galerie geleitet, die wie eine Theatergalerie aussah. Aber der Saal dort unten glich keinem Theater. Wie vom Rande eines gewaltigen Trichters aus betrachteten sie diesen düsteren wimmelnden Ameisenhaufen. Das Licht ähnelte dem, das in ihrem Dorf manchen Gewittern vorangeht, wenn die Wolken, vom Saharawind getrieben, sich in zähem Gebrodel zusammenbrauen und sandiges, wässeriges Licht ausstrahlen. Ein seltsames Licht, das den Dingen eine samtige Oberfläche verleiht. Ehe Linke, Mitte und Rechte sich aus den abstrakten Ideen, die sie in ihren Köpfen darstellten, in den konkreten Lageplan des Parlaments und die bekanntesten Gesichter verwandelten, verging einige Zeit. Als Togliattis Gesicht hinter einer Zeitung hervorkam, wußten sie, daß sie die Linke vor sich hatten. Mit der gemächlichen Präzision eines Kompasses wanderten ihre Blicke zur Mitte. Für einen Augenblick blieben sie an dem Gesicht Nennis und an dem Fanfanis haften. Und dort war auch der Abgeordnete, dem sie dieses Schauspiel verdankten. Er schien zu ihnen hinaufzuschauen, und sie winkten ihm zu. Aber der Abgeordnete nahm das nicht wahr. Wer weiß, was er in seinen Gedanken vor sich sah. Was sie besonders beeindruckte, war das beständige Hin und Her der Ordner zwischen den Reihen. Es schien den ganzen

Saal in die mechanische Bewegung eines Webstuhls zu versetzen. Und das aufsteigende Gemurmel hörte sich gleichmäßig und beständig, wie es war, eher an, als gehe es von der Leere des Saales als von diesen Menschengruppen aus, die in den amphitheatralisch angeordneten Bänken so geschäftig verschwanden.

Von Zeit zu Zeit läutete eine Glocke. Dann erhob sich in dem sandigen Licht eine Stimme und schien, langsam größer werdend wie ein Ölfleck, auf der Oberfläche des Gemurmels im Saal zu schwimmen. Erst als ihr Blick von dem Präsidenten mit seiner Glocke fort und zu der Regierungsbank hinüberglitt – vorausgesetzt, daß der Mann neben dem Sprecher wirklich der Minister Pella war –, stellten sie fest, woher diese Stimme kam.

«Wir wollen den Minister», wurde von den Bänken der Linken geschrien. Der Präsident läutete die Glocke. Er sagte, der Minister habe nicht kommen können, dafür sei der Staatssekretär da. Das sei das gleiche. Sie sollten ihn reden lassen. Niemand wolle es dem Parlament gegenüber an Respekt fehlen lassen. Es war, als hätte er nichts gesagt.

«Der Minister, der Minister», wurde auf der Linken weiter gerufen.

«Lieber Himmel, laßt ihn doch sprechen», sagte einer der beiden Zuschauer, aber nur seinem Begleiter ins Ohr.

Man ließ ihn sprechen.

Der Staatssekretär sagte, die Regierung sehe im Zustand der öffentlichen Ordnung in Sizilien keinerlei Anlaß zu besonderer Sorge. Protestrufe von links. Gerade flauten sie ab, als eine Stimme von rechts schrie: «Vor zwanzig Jahren konnte man in Sizilien bei offener Tür schlafen.»

Die Abgeordneten von links bis tief zur Mitte erhoben sich lärmend. Die beiden lehnten sich von der Tribüne hinab, um den Faschisten zu sehen, der unter ihnen wie ein Stier brüllte: «Ja, vor zwanzig Jahren war Ordnung in Sizilien. Und ihr habt diese Ordnung zerstört.» Und seine Hand mit dem anklagend erhobenen Zeigefinger beschrieb einen Bogen von Fanfani bis zu Togliatti.

Die beiden sahen nur den glattrasierten Kopf und die anklagend erhobene Hand. Einstimmig murmelten sie: «Die Ordnung der Hörner, die du auf dem Kopfe trägst.»

Die Glocke läutete lang und schrill. Wieder begann der Staatssekretär zu sprechen. Er sagte, zu den Vorfällen in S., auf die die Anfrage der Abgeordneten sich bezog, habe die Regierung nichts zu sagen, da die gerichtliche Ermittlung im Gange sei. Jedenfalls sei die Regierung der Ansicht, diese Vorfälle seien auf gewöhnliche Kriminalität zurückzuführen. Sie weise darum die Deutung zurück, die ihnen die anfragenden Abgeordneten gäben. Stolz und verächtlich weise die Regierung die Unterstellung der Linksparteien in ihren Zeitungen zurück, daß Mitglieder des Parlaments oder gar der Regierung auch nur die losesten Beziehungen zu Angehörigen der sogenannten Mafia unterhielten, die nach Ansicht der Regierung ohnehin ausschließlich in der Phantasie der Kommunisten existiere.

Die inzwischen von Abgeordneten dicht besetzte Linke erhob dröhnenden Protest. Ein hochgewachsener, grauhaariger, beinahe kahler Abgeordneter stieg aus seiner Reihe hinab zur Regierungsbank. Drei Ordner traten ihm entgegen. Er schrie dem Staatssekretär Beschimpfungen zu, daß die beiden Zuschauer dachten: Das kommt zu einer Messerstecherei. Die Glocke läutete wie närrisch. Wie eine Heuschrecke sprang der Abgeordnete von rechts mit dem glattrasierten Kopf plötzlich mit einem Satz mitten in den Saal. Andere Ordner liefen herbei, um ihn festzuhalten. Er schrie seine Beschimpfungen nach links. In ganzen Wolken und Wogen wurde ihm das Wort Idiot entgegengeschleudert und streifte seinen mächtigen Schädel wie die Pfeile der Indianer den Kopf Buffalo Bills. Hier müßte ein Carabinieribataillon her, dachten die beiden. Und zum erstenmal in ihrem Leben waren sie geneigt zuzugeben, daß die Carabinieri zu etwas taugten.

Sie schauten zu der Seite, wo der Abgeordnete saß. Er war ruhig. Als er ihren Blick bemerkte, lächelte er und winkte ihnen zu.

Es war an einem der trägen Abende von Parma mit ihrem verzehrenden Licht, das alles fern wie eine Erinnerung, erfüllt von unsäglicher Zärtlichkeit, erscheinen läßt. Und wie durch die Gefilde einer Erinnerung wanderte der Hauptmann Bellodi durch die Straßen seiner Heimatstadt. Lebendige Gegenwart, wenn auch von Tod und Ungerechtigkeit bedrückt, war für ihn das ferne Sizilien.

Er war als Zeuge zu einem Prozeß nach Bologna geholt worden. Und nach Abschluß des Prozesses hatte er keine Lust gehabt, nach Sizilien zurückzukehren. Seine erschöpften Nerven hatten ihm einen Urlaub bei seiner Familie in Parma verlockender und erholsamer als gewöhnlich erscheinen lassen. Er hatte darum einen Krankenurlaub eingereicht, der ihm für einen Monat bewilligt worden war.

Jetzt, fast in der Mitte seines Urlaubs, erfuhr er aus einem Bündel von Lokalzeitungen, das der Unteroffizier D'Antona ihm netterweise geschickt hatte, daß seine ganze genaue Rekonstruktion der Vorfälle in S. unter dem Anhauch unangreifbarer Alibis wie ein Kartenhaus zusammengestürzt war. Oder besser gesagt, ein einziges Alibi, das Diego Marchicas, hatte genügt, um sie zusammenstürzen zu lassen. Nicht vorbestrafte, absolut unverdächtige, ihrem Leumund und ihrer Bildung nach höchst achtenswerte Persönlichkeiten hatten vor dem Untersuchungsrichter ausgesagt, es sei unmöglich, daß Diego Marchica auf Colasberna geschossen habe und von Nicolosi wiedererkannt worden sei. Denn Diego habe sich am Tage und zu der Zeit, zu der das Verbrechen begangen wurde, volle sechsundsiebzig Kilometer vom Tatort entfernt aufgehalten, so weit nämlich, wie es von S. nach P. ist, wo Diego in einem dem Doktor Baccarella gehörenden Garten und unter den Augen des Doktors, eines Mannes, der früh aufzustehen und die Gartenarbeiten zu beaufsichtigen pflegte, mit der friedlichen und geruhsamen Arbeit beschäftigt war, vermittels eines Rohres die Grasflächen zu bewässern. Und das konnten nicht nur der Doktor, sondern Bauern und Passanten, die alle Diego einwandfrei identifiziert hatten, auf Grund klarster Erinnerung bezeugen.

Sein vor dem Hauptmann Bellodi abgelegtes Geständnis, so hatte Diego erklärt, stelle sozusagen einen Racheakt dar. Der Hauptmann hatte ihn glauben lassen, Pizzuco habe ihn verleumdet. Und in seiner blinden Wut habe er zum Gegenschlag ausgeholt. Um Pizzuco ins Unglück zu stürzen, hatte er sich selbst verleumdet. Pizzuco wiederum hatte angesichts von Diegos Verleumdung ein Feuerwerk von Lügen losgelassen und hatte sich selbst mit Kleinigkeiten belastet, nur um Marchica, der ihn verleumdet hatte, einen Stein um den Hals zu hängen. Das Gewehr? Nun, Pizzuco mußte sich wegen verbotenen Waffenbesitzes verantworten. Und die Tatsache, daß er seinen Schwager beauftragt hatte, das Gewehr verschwinden zu lassen, war nur auf die Sorge zurückzuführen, die ihm sein Wissen von der Gesetzwidrigkeit dieses Waffenbesitzes bereitete.

Was Don Mariano betrifft, der von den Zeitungen fotografiert und interviewt worden war, so bedarf es kaum der Erwähnung, daß das sorgfältige, ihn belastende Indiziengespinst des Hauptmanns und des Staatsanwalts in Rauch aufgegangen war. Und eine Gloriole der Unschuld umgab, das sah man auch auf den Fotografien, sein schweres Haupt, mit verschmitzter Weisheit. Einem Journalisten, der ihn nach dem Hauptmann Bellodi fragte, hatte er gesagt: «Er ist ein Mensch.» Und als der Journalist unbedingt wissen wollte, ob er damit meine, als Mensch sei der Hauptmann Irrtümern unterworfen, oder ob vielleicht ein Adjektiv fehle, um sein Urteil zu verdeutlichen, hatte Don Mariano gesagt: «Ach was, Adjektiv! Der Mensch bedarf keines Adjektivs. Und wenn ich sage, daß der Hauptmann ein Mensch ist, dann ist er ein

Mensch. Und damit basta.» Eine Antwort, die der Journalist für sibyllinisch hielt und von der er glaubte, Reizbarkeit, ja Verstimmung fänden in ihr ihren Ausdruck. Aber Don Mariano hatte wie ein siegreicher General ein ausgewogenes Urteil, ein Lob über den unterlegenen Gegner abgeben wollen. Und so fügte er zu den stürmischen Gefühlen im Herzen des Hauptmanns noch eine zwiespältige Empfindung, halb Freude und halb Ärger, hinzu.

Aus anderen Nachrichten, die der Unteroffizier D'Antona rot angestrichen hatte, ging hervor, daß die Ermittlungen über die drei Morde natürlich wiederaufgenommen worden seien. Und das Einsatzkommando der Polizei sei der richtigen Lösung des Falles Nicolosi schon auf der Spur. Es habe die Witwe Nicolosi und ihren Liebhaber verhaftet, einen gewissen Passarello. Höchst gewichtige, von Hauptmann Bellodi auf unerklärliche Weise übersehene Indizien belasteten die beiden. In einer weiteren, ebenfalls angestrichenen Nachricht auf der Seite «Aus der Provinz» hieß es, der Oberwachtmeister Arturo Ferlisi, Kommandant des Carabinieripostens von S., sei auf eigenen Wunsch nach Ancona versetzt worden. Der Korrespondent der Zeitung wies auf seine ruhige Art und seine Gewandtheit hin und gab ihm seine Abschiedsgrüße und guten Wünsche mit auf den Weg.

Über diese Nachrichten grübelnd und schäumend vor machtloser Wut, wanderte der Hauptmann ziellos durch die Straßen von Parma. Er sah aus, als gehe er zu einer Verabredung und befürchte, zu spät zu kommen. Und er hörte nicht, wie ihn sein Freund Brescianelli vom gegenüberliegenden Bürgersteig aus beim Namen rief. Er war überrascht und verärgert, als der Freund ihn einholte, ihm lächelnd und liebevoll entgegentrat und scherzhaft im Namen der frohen und ach so lang vergangenen Schulzeit wenigstens einen Gruß von ihm erheischte. Bellodi entschuldigte sich allen Ernstes, er habe nicht gehört, und behauptete, er höre schlecht. Dabei vergaß er, daß Brescianelli Arzt war, und einen alten Freund, dem es nicht gutging, nicht so schnell in Ruhe lassen würde.

Tatsächlich trat er einen Schritt zurück, um ihn genauer betrachten zu können, stellte fest, er sei abgemagert, wie man an dem Mantel sehe, der ein bißchen um ihn herumschlottere. Dann trat er näher an ihn heran, um ihm in die Augen zu schauen, deren Weiß, so sagte er, etwas gelblich sei, was auf einen Leberschaden schließen lasse. Er fragte ihn nach seinen Symptomen und nannte Medizinen. Bellodi hörte ihm mit zerstreutem Lächeln zu.

«Hörst du mir eigentlich zu?» fragte Brescianelli. «Oder falle ich dir vielleicht lästig?»

«Nein, nein», protestierte Bellodi, «ich freue mich ja so, dich wiederzusehen. Wo gehst du hin?» Und ohne eine Antwort abzuwarten, faßte er den Freund unter dem Arm und sagte: «Ich komme mit dir.»

Und auf den Arm des Freundes gestützt, eine Geste, die er beinahe verlernt hatte, empfand er wirklich ein Bedürfnis nach Gesellschaft, ein Bedürfnis zu sprechen, seinen Zorn mit Dingen, die ihm fernlagen, zu zerstreuen.

Aber Brescianelli fragte nach Sizilien. Wie es dort sei, wie es einem dort ergehe. Und nach den Verbrechen. Bellodi sagte, Sizilien sei unglaublich.

«Ach ja, du hast recht. Unglaublich... Auch ich habe Sizilianer gekannt. Außergewöhnliche Leute... Und jetzt haben sie ihre Autonomie, ihre eigene Regierung... Die Regierung der Schrotflinten nenne ich sie... Unglaublich, das ist das richtige Wort.»

«Unglaublich ist auch Italien. Und man muß nach Sizilien gehen, um festzustellen, wie unglaublich Italien ist.»

«Vielleicht verwandelt sich ganz Italien allmählich in Sizilien... Als ich die Skandale ihrer Regionalregierung in der Zeitung las, hatte ich eine phantastische Vorstellung. Die Wissenschaftler behaupten, die Palmlinie, das heißt das für die Vegetation der Palme günstige Klima, rücke nach Norden vor. Soweit ich mich erinnere, jährlich fünfhundert Meter... Die Palmlinie... Ich nenne sie die Kaffeelinie, die Linie des starken Kaffees, des schwarzen Kaffees... Sie steigt wie die Quecksilbersäule eines Thermometers, diese Palmlinie, diese Linie des schwarzen Kaffees und der Skandale. Immer weiter herauf in Italien. Schon ist sie über Rom hinaus...» Plötzlich hielt er inne und sagte zu einer jungen Frau, die ihnen lachend entgegenkam: «Auch du bist unglaublich, bildschön...»

«Wieso ich auch? Wer noch?»

«Sizilien... Auch Sizilien ist eine Frau. Geheimnisvoll, ruhelos, rachsüchtig und wunderschön... Wie du. Darf ich dir den Hauptmann Bellodi vorstellen, der mir gerade von Sizilien erzählt hat... Und das ist Livia», sagte er zu Bellodi gewandt, «Livia Giannelli, die du vielleicht noch als Kind gekannt hast. Und jetzt ist sie eine Frau und will von mir nichts wissen.»

«Kommen Sie aus Sizilien?» fragte Livia.

«Ja», sagte Brescianelli, «er kommt aus Sizilien. Er spielt da unten, wie die das nennen, den stinkigen Sbirren.» Und beim Aussprechen dieser Worte machte er die dröhnende Stimme und den catanesischen Akzent Angelo Muscos nach.

«Ich schwärme für Sizilien», sagte Livia, trat zwischen sie und hängte sich bei ihnen ein.

Das ist Parma, dachte Bellodi in einem plötzlichen Glücksgefühl, und das ist ein Mädchen aus Parma. Hier bist du zu Hause. Zum Teufel auch mit Sizilien. Aber Livia wollte die unglaublichen Dinge aus dem unglaublichen Sizilien hören. «Ich bin einmal in Taormina gewesen. Und in Syrakus zu den Aufführungen im griechischen Theater. Aber man hat mir gesagt, um Sizilien wirklich kennenzulernen, müsse man ins Innere gehen. In welcher Stadt leben Sie?»

Bellodi nannte den Namen des Dorfes. Weder Livia noch Brescianelli hatten je von ihm gehört.

«Und wie ist es dort?» fragte das Mädchen.

«Ein altes Dorf mit gipsgemauerten Häusern, mit steilen Straßen und Treppen. Und am Ende jeder Straße, jeder Treppe eine häßliche Kirche...»

«Und die Männer? Sind die Männer sehr eifersüchtig?»

«In gewisser Beziehung, ja», sagte Bellodi.

«Und die Mafia? Was ist mit der Mafia, von der die Zeitungen immer sprechen?»

«Ja, was ist mit der Mafia?» drängte Brescianelli.

«Das ist schwer zu erklären», sagte Bellodi, «die Mafia ist... unglaublich. Ja, das ist sie.»

Ein eisiges Schneegestöber begann. Der weiße Himmel versprach langanhaltenden Schneefall. Livia

137

schlug vor, sie sollten sie nach Hause begleiten. Ein paar Freundinnen würden kommen, sie würden tollen alten Jazz hören, Platten, die sie wie durch ein Wunder entdeckt hatte. Und es sei guter schottischer Whisky da und Cognac Carlos primero. «Und zu essen?» fragte Brescianelli. Livia versprach, es werde auch etwas zu essen geben.

Sie trafen Livias Schwester und zwei andere Mädchen ausgestreckt auf einem Teppich vor dem Kaminfeuer an. Neben sich Gläser. Und das *Begräbnis im Vieux Colombier,* New Orleans, das wie besessen vom Plattenspieler dröhnte. Auch sie schwärmten für Sizilien. Ein köstlicher Schauer überrieselte sie im Gedanken an die Messer, die ihrer Meinung nach die Eifersucht aufblitzen ließ. Sie bedauerten die sizilianischen Frauen und beneideten sie ein wenig. Das Rot des Bluts wurde zu Guttusos Rot. Picassos Hahn aus dem Schutzumschlag des *Bell' Antonio* von Brancati nannten sie das köstliche Wahrzeichen Siziliens. Beim Gedanken an die Mafia überlief sie ein neuer Schauer. Und sie baten um Erklärungen, um Erzählungen von den schrecklichen Dingen, die der Hauptmann sicherlich erlebt hatte.

Bellodi erzählte die Geschichte eines sizilianischen Gefängnisarztes, der sich mit Recht in den Kopf gesetzt hatte, den der Mafia angehörenden Häftlingen das Vorrecht zu entziehen, sich im Lazarett einzunisten. In dem Gefängnis gab es viele Kranke, sogar einige Tuberkulöse, die in den Einzel- und Gemeinschaftszellen lagen. Währenddessen hielten die Mafiaanführer bei bester Gesundheit das Lazarett besetzt, um in den Genuß einer besseren Verpflegung zu kommen. Der

Arzt ordnete an, sie sollten in die regulären Abteilungen zurück, und ins Lazarett sollten die Kranken kommen. Weder die Polizisten noch der Direktor befolgten die Anordnung des Arztes. Der Arzt schrieb an das Ministerium. Und so wurde er eines Nachts ins Gefängnis gerufen. Man sagte ihm, ein Häftling bedürfe dringend eines Arztes. Der Arzt ging hin. Plötzlich befand er sich im Gefängnis allein inmitten von Häftlingen. Die Mafiaanführer verprügelten ihn gründlich, nach allen Regeln der Kunst. Die Aufseher bemerkten nichts. Der Arzt zeigte die Sache beim Staatsanwalt und beim Ministerium an. Die Mafialeute, allerdings nicht alle, wurden in ein anderes Gefängnis verlegt. Der Arzt wurde vom Ministerium entlassen, da sein Übereifer zu Zwischenfällen Anlaß gegeben habe. Als militantes Mitglied einer Linkspartei wandte er sich um Unterstützung an seine Parteigenossen. Sie antworteten ihm, es sei besser, die Angelegenheit auf sich beruhen zu lassen. Da es ihm nicht gelang, für die ihm angetane Beleidigung Genugtuung zu erhalten, wandte er sich schließlich an einen Mafiaführer. Der ließ ihm wenigstens die Genugtuung zuteil werden, daß einer von denen, die ihn verprügelt hatten, in dem Gefängnis, in das er versetzt worden war, selbst verprügelt wurde. Anschließend wurde ihm dann versichert, der Schuldige sei gebührend verprügelt worden.

Die Mädchen fanden das eine köstliche Episode. Brescianelli fand sie entsetzlich.

Die Mädchen machten belegte Brote. Sie aßen, tranken Whisky und Cognac, hörten Jazz, sprachen wieder von Sizilien und dann von Eros und Sexus. Bellodi kam sich vor wie ein Rekonvaleszent, überempfindsam, zärtlich und ausgehungert. Zum Teufel mit Sizilien, zum Teufel mit allem.

Gegen Mitternacht kehrte er nach Hause zurück und ging zu Fuß durch die ganze Stadt. Parma war vom Schnee verzaubert, stumm und menschenleer. In Sizilien fällt nur selten Schnee, dachte er. Und vielleicht hing die Eigenart einer Zivilisation vom Schnee oder von der Sonne ab, je nachdem, ob Schnee oder Sonne überwogen. Er fühlte sich ein wenig verwirrt. Aber ehe er zu Hause ankam, wußte er ganz deutlich, daß er Sizilien liebte und daß er dorthin zurückkehren würde.

«Ich werde mir den Kopf daran einrennen», sagte er laut.

NACHWORT

«Entschuldigen Sie die Länge dieses Briefes», schrieb
ein Franzose [oder eine Französin] im großen achtzehn-
ten Jahrhundert, «ich hatte keine Zeit, mich kürzer zu
fassen.» Ich freilich kann, was die gute Regel angeht,
auch eine Erzählung kurz zu fassen, nicht behaupten,
daß es mir an Zeit dazu gefehlt hätte. Ich habe ein volles
Jahr, von einem Sommer zum anderen, darauf verwendet, diesen kurzen Roman zu kürzen. Nicht intensiv,
selbstverständlich, aber neben anderen Arbeiten und
sehr andersartigen Sorgen. Aber das Ergebnis, zu dem
diese Arbeit des Streichens führen sollte, zielte nicht so
sehr darauf ab, dieser Erzählung Proportion, Wesen-
haftigkeit und Rhythmus zu verleihen, als der mögli-
chen und wahrscheinlichen Unduldsamkeit jener zu
begegnen, die sich von meiner Darstellung mehr oder
minder unmittelbar betroffen fühlen konnten. Denn in
Italien darf man bekanntlich weder über weltliche noch
über geistliche Obrigkeit scherzen. Und wenn man es
nun gar, anstatt zu scherzen, durchaus ernst meint ... In
den Vereinigten Staaten von Amerika darf es in der
erzählenden Literatur und in den Filmen trottelige Ge-
nerale, korrupte Richter und nichtsnutzige Polizisten
geben. Und ebenso in England, in Frankreich [wenig-
stens bis jetzt], in Schweden und so weiter. In Italien hat
es das niemals gegeben, gibt es das nicht und wird es das
niemals geben. So ist es. Und man muß dabei, wie Giusti von jenen Botschaftern sagt, die Barnabò Visconti
zwang, Siegel, Pergament und Blei zu verschlingen, die

141

Zähne zusammenbeißen. Ich bin nicht heroisch genug, um Klagen wegen Beleidigung und übler Nachrede herauszufordern. Jedenfalls möchte ich das nicht absichtlich tun. Als ich entdeckte, daß meine Phantasie sich nicht gebührend an die Grenzen gehalten hatte, die die staatlichen Gesetze beobachtet wissen wollen, und mehr noch als die Gesetze die Empfindlichkeit derer, die für Befolgung der Gesetze sorgen, habe ich mich deshalb ans Streichen gemacht, immer wieder ans Streichen.

Im wesentlichen ist der Gang der Erzählung zwischen ihrer ersten und zweiten Niederschrift unverändert geblieben. Einige Figuren sind verschwunden. Einige andere sind in die Anonymität zurückgetreten. Einige Sätze wurden gestrichen. Mag sein, daß die Geschichte dadurch gewonnen hat. Aber jedenfalls steht fest, daß ich sie nicht in jener vollen Freiheit geschrieben habe, die ein Schriftsteller [und ich bezeichne mich als Schriftsteller nur um der Tatsache willen, daß ich mich mit Schreiben beschäftige] genießen sollte.

Daß keine Figur und kein Ereignis dieser Arbeit anders als durch Zufall mit lebenden Personen und mit Tatsachen, die sich ereignet haben, übereinstimmen, bedarf kaum der Erwähnung.